흐르는 것이 어찌 강물뿐이랴

흐르는 것이 어찌 강물뿐이랴

글·사진 | 장진수

발행 | 2021년 7월 1일

펴낸곳 | 도서출판 학이사
　　　　출판등록 | 제25100-2005-28호
　　　　대구광역시 달서구 문화회관11안길 22-1(장동)
　　　　전화 _ (053) 554-3431, 3432　팩시밀리 _ (053) 554-3433
　　　　홈페이지 _ http://www.학이사.kr
　　　　이메일 _ hes3431@naver.com

ISBN _ 979-11-5854-309-9 03810

흐르는 것이 어찌 강물뿐이랴

글·사진 장진수

學而思 학이사

어릿광대의 옹알이

"… 우리 사랑 연습도 없이 벌써 무대로 올려졌네, 생각하면 덧없는 꿈일지도 몰라, 꿈일지도 몰라 …."

심수봉의 〈비나리〉 가사에 나오는 한 소절이다.

우리는 곧잘 인생을 한 편 드라마라고들 한다. 물론 한 편의 영화, 한 권의 소설이라는 사람들도 있다. 아마 저마다 자기만의 기구한 사연들을 만들며 살아간다고 해서 그렇게 이르는 건 아닌지 모르겠다.

너나없이 우리는 태어나면 한 사람의 광대, 다시 말해 배우가 된다. 태어난 그 순간부터 연출자에 의해서 조율되고, 감시, 감독을 받으며 구성원의 한 사람으로 세상을 살아가게 된다는 말이다.

정상적으로 연기 수업을 배워서 무대에 오르는 이가 있는가 하면 막무가내로 오르는 사람도 있다. 누구든 무대에 오를 때는 자의든, 타의든 한 사람의 역할을 맡고 오른다. 그게 배우의 역할이다. 그렇다고 무대에 오른 사람들이 다 성공을 하고 내려오는 건 아니다.

대본을 까먹고 허튼소리만 하다가 내려오는 사람이 있는가 하면, 역할도 없이 무작정 올라가 허둥대다가 내려오는 사람도 있다. 물론 그 가운데는 명연기로 박수갈채를 받으며 환호 속에서 퇴장하는 사람도 없는 건 아니다.

어찌 보면 우리가 살아가고 있는 것 자체가 보이지 않는 손에 의해 움직이는 하나의 역할이다. 거기에는 뭇 사람들의 시선을 끄는 주연도 있을 것이고, 다방 모퉁이에 앉아 찻잔만 들고 있다가 퇴장하는 사람도 있을 것이며, 행인 A, B, C처럼 관중들 눈에는 보이지도 않게 등장했다가 사라지는 사람도 있을 것이다. 그러거나 말거나 그들은 저마다 자기의 역할이 있는 배우들이다.

우리는 곧잘 주연보다도 빛나는 조연을 이야기한다. 조연의 한마디가 그 연극을 살리기도 하고 망칠 수도 있다는 이야기다. 그렇게 조연도 혼신의 힘을 다 쏟아 연기를 하는 게 운명이듯, 우리들 개인의 삶 또한 자기 딴에는 최선을 다한다.

〈비나리〉는 우리들 인생살이의 애환이, 그 가운데서도 먹고살기 위해 떠돌아다니는 걸립乞粒패들의 삶이 잘 풀어지기를 기원하면서 부르는 가락이다.

딴에는 열심히 살았는데도 지내놓고 돌아보니 모두가 하나같이 엉거주춤이고, 오락가락이며, 어리바리하게 보낸 것 같아 부끄럽기 짝이 없다. 여기저기 기웃거리며 엄벙덤벙 돌아다닌 삶이라 남들 눈에는 어떻게 보일지 몰라 마냥 불안하고 두려운 마음이다.

〈비나리〉의 사연을 몰랐을 때는 그저 그런가 보다 하고는 예사로 듣고 넘겼는데 그 사연을 알고 들으니 마치 내가 그 가운데 있는 것 같아 너무 마음이 무겁다.

무대에 오를 때는 애드리브로 적당히 메우고 내려가면 되려니 싶더니만, 막상 올라와서 보니 연습도 제대로 못 하고 올라온 게 부끄럽고 창피하다. 엉성한 풋내기 배우의 엉거주춤한 모습을 그대로 드러낸 꼴이 되고 만 건 아닌지 모르겠다.

무대를 내려와 거울 앞에서 화장을 지우면서 생각해 본다. 관중들은 나를 어떻게 보았을까. 무난하다는 사람, 그냥 갑남을녀甲男乙女로 보는 사람, 별종으로 보는 사람 등, 관객들의 취향에 따라 여러 가지가 나올 것이다. 그들 가운데는 어처구니가 없다는 듯 웃는 사람도 분명히 있으리라 본다.

그들의 그런 모습들을 보기 위해, 그리고 그들이 쏟아놓은 이야기들을 듣기 위해 여기에 그동안의 삶을 풀어놓는다. 남은 삶을 그들의 표정을 거울로 삼으며 살아 보련다고 옹알이로나마 다짐해 본다.

2021년 6월
장진수

3. 또 하나의 나를 찾아 떠난 여행

4. 액자 속에 나를 담는다

5. 노을 진 들녘에서 나를 보다

1
내일은 어제와
다르기를 바라며

일흔 고개에 얹힌 이후부터는 앞을 내다보는 일보다 뒤를 돌아다
보는 일들이 훨씬 많아졌다. 대부분의 생활들이 불행에서 벗어나
행복을 찾으려고 발버둥친 일들이다. 그러나 한 번이라도 만족한
행복을 느껴본 일이 없는 듯싶다. 그저 불행만은 아닌 다행으로 살
아온 날들이 태반이다. 가끔은 남의 불행을 내 행복의 연료로 쓰면
서 다행이란 이름으로 행복인 양 지낸 일이 태반이다. 그러고 보니
나는 평생을 행복보다는 다행에다 목표를 두고 살아온 건 아닌지
모르겠다.

"사람 사는 게 다 그렇지 뭐."

"1704호 사람이나 1705호 사람이나 다 거기서 거기 아니냐."

오늘도 나는 이렇게 행복보다는 오히려 다행에다 비중을 두어 하
루를 보낸다.

'엄마의 나라'에서
만난 어머니

차라리 꿈으로 만났더라면

2003년 3월 3일.

30여 년간 몸담아 오던 직장(kt)의 퇴직을 눈앞에 두고, 퇴직 후 제2의 인생을 어떻게 설계하는 게 좋을까, 이런저런 생각으로 보내던 날이다. 그날도 나는 친구들과 어울려서 그런 잡다한 일들로 하루를 보내고 밤이 늦어서야 집에 들어섰다.

들어서면서 버릇처럼 시선을 던진 우편함 속에 우편물이 가득했다. 아내가 떠나고 난 뒤부터 우편물은 항상 내가 거둬야 했다. 아이들 남매가 있지만 그들은 항상 그런 쪽으로는 무관하게 지냈다.

우편물이라고 해봐야 대부분 무슨 고지서 아니면 광고전단이기에 대수롭잖게 생각하고 꺼내들었다. 그런데 승강기 안에서 얼핏 보니 그들 속에 흰 봉투 하나가 눈에 띄었다. 오랜만에 대하는 펜글씨의 편지였다.

먼저 가려내어 챙겼다. 우리 집 주소와 내 이름은 분명한데 발신인 주소가 낯설었다. 저쪽 주소가 강릉이라는 것도 그렇고, 한민주라는 저쪽 이름도 그랬다.

여자 이름 같은데 누구지?

그러나 내가 기억하고 있는 사람들 가운데는 그런 이름을 가진 사람이 없었다. 느낌이 이상했다.

승강기에서 내려서자마자 그 자리에서 편지를 뜯어보았다. 누가 허튼짓으로 한 편지라면 밖에서 없애버릴 생각에서였다. 다 큰 아이들뿐인 집에, 여자 이름의 편지는 조심스러울 수밖에 없었다.

'장진수 오빠에게'

내용물을 꺼내드는데 내 눈에 뛰어든 머리글이었다.

오빠라니, 도대체 이 사람이 누구이기에 나한테 오빠라는 것일까. 나는 형제도 남매도 없는 혈혈단신 독자로 자란 사람이다. 이상한 느낌에 그때부터 그만 혼란스럽기 시작했다.

호기심 반, 얼떨떨한 마음 반으로 다음을 읽어 내려갔다. 정성이 들어간 글씨여서 더더욱 그러했다.

"안녕하십니까.

저는 한민주라고 합니다. 낯선 여자가 나타나서 오빠라고 부르니까 혹 놀라지는 않으셨는지 모르겠습니다.

어떤 방법으로든, 언젠가는 말씀을 드려야 할 일이기에, 하나의 운명으로 받아들이고, 그날을 오늘로 잡아 이렇게 붓을 들었습니다.

제 아버지는 한강수 씨고 어머니는 '김쌍이'입니다. 이제 짐작이 갈지 모르겠습니다. 오빠와 저는 어머니는 같고, 아버지가 다른 동복 남매라는 사실을 밝혀드립니다. 올해 제 나이는 54세, 저는 지금 혼자 몸으로 홀어머니와 함께 살고 있습니다.

어머니가 아버지와 결혼하기 전 이미 혼인한 여자라는 것과, 아버지와 만나기 전 이미 슬하에 남자아이가 하나 있었다는 사실을 안 것은, 제가 서른 살을 훨씬 넘긴, 제 아버지가 돌아가신 뒤의 일입니다. 물론 모든 건 어머니한테 들은 이야기입니다.

그러나 그것 밖에 더 이상 다른 이야기는 하지 않았습니다. 짐작에 어머니가 낳은 남자아이가 이 세상 어디엔가 살고 있겠구나 생각했던 것이지요.

그러니까 저는 어머니가 우리한테도 밝히기가 뭣한 과거가 있다는 것만 어림짐작으로 알고 있었을 뿐, 같은 여자의 입장에서 더 묻는 일도 없이 그렇게 안 듯 모른 듯 지금까지 지내왔던 것입니다.

그런데 최근에 와서야 마음에 변화가 생겼는지, 아니면 착란 증세로 정신이 흐렸던지 모르지만, 전남편의 이야기와 오빠의 이야기를 꺼내 놓았습니다.

어머니는 우리한테만 밝히지 않았다 뿐이지 오빠가 어디에서 어떻게 살고 있다는 것을 나름대로는 알고 지냈던 것으로 보입니다. 오늘 이 편지도 어머니한테 자료를 얻어서 쓰고 있다는 것을…."

나는 여기까지 읽다가 더 못 읽고 다시 밖으로 나와 승용차 안에서 나머지를 읽었다. 거기서 더 읽다가는 어떤 일이 일어날지 모를 만큼 몸도, 마음도 불안하고 뒤숭숭했기 때문이다.

쌍이라는 어머니 이름을 처음 대하는 순간, 그것 하나만으로도 아득한 지난날의 일들이 주마등으로 떠올라 나를 어지럽게 현기증 환자로 만들었다.

중·고등학교 다닐 때 우리 가족 호적등본을 떼보면 거기엔 어머니 이름이 그렇게 쓰여 있었다. 쌍이라는 이름은, 요즘 여자 이름으로는 특이하기도 했지만 나한테는 항상 그리웠고 아련했던 이름이다.

'金双伊 1928년 03월 17일 생, 1952년 09월 01일 張基昨와 결혼' 호적에 들어앉아 있는 아버지와 어머니의 설정이다.

다 읽은 편지를 접지도 못한 채 구겨 쥐고는, 캄캄한 차 안에서 어머니의 인생 역정을 나름대로 그려본다.

그때까지만 해도 내가 아는 어머니는 이름 석 자만 남겨놓았을 뿐, 내가 태어나 채 돌이 되기 전에 핏덩어리인 나를 할머니에게 맡기고 행방을 감추었다고 한다. 지금은 죽었는지 살았는지도 모르고 지냈던 사람이다. 할머니가 살아계셨을 때 내게 그렇게 일러 줬던 것이고, 나는 그 사실을 믿고 지금까지 살았다.

그런데 그 어머니에게서, 그 어머니가 낳은 딸에게서 강원도 어디에서 살고 있다는 편지가 왔으니 세상에 이런 청천벽력이 있는가.

세세한 사연을 다 밝혀놓지는 않았지만, 편지에 드러난 내용만으로도 그동안 어떻게 지내왔다는 것과, 지금은 어떻게 보내고 있다는 것이 눈에 훤히 보였다.

온 밤을 전전반측, 이런저런 생각에 숯덩이가 된 가슴으로 날을 밝힌 나는 다음 날 먼저 숙부한테 전화를 걸어보았다. 할머니가 돌아가신 후 우리 집에서는 숙부가 가장 어른이니까, 혹 나 모르는 어머니의 정보를 가지고 있지 않을까 해서다.

숙부는 50여 년 전 그때나 지금이나 변함없이 고향 금릉군(현, 김천시) 증산면 산골에서 농사를 거두면서 지내고 있다.

"작은아버지, 혹시 어머니에 대해 뭐 좀 알고 계신 거 있습니까?"

"살은지 죽은지 나는 모르제. 아매 살아있다면 강원도 어디쯤 있지 싶은데, 그런데 갑자기 그건 와 묻노?"

"이상한 편지가 하나 와서 그럽니다."

"편지라이? 늬 엄마 편지드나?"

"누가 쓴 건지는 아직 모르겠고요."

"난들 뭐 아는 게 있나. 한번 떠난 뒤로는 지금까지 꿩 구워먹은 소식인데. 너거 엄마가 아직 살아있는갑구나. 나이로 봐서야 나랑 동갑이니께 얼마든지 살 나이제."

"알겠습니다. 주말에나 한번 들어가겠습니다."

못해도 한 달에 한두 번 내왕을 하는 곳이니까, 더 물어봐야 나올 것도 없고 해서 전화는 그쯤에서 끝냈다

그러고는 바로 편지 말미에 적혀있는 휴대폰번호에다 전화를 걸었다. 사람이 궁금해서 살 수가 없었다. 언제 연락을 하더라도 이제는 내가 연락을 취해야 할 순서가 아닌가.

여자 목소리가 받았다.

"한민주 씨?"

두근거리는 가슴을 쓸어내리며 내가 물어보았다.

"그런데, 누구세요?"

"나는 장진수."

어떻게 말하는 게 좋을까 해서 엉거주춤 말꼬리를 잘랐다.

"아, 오빠세요."

오빠라는 말에, 말투를 어떻게 고치는 것이 좋을까, 잠시 머뭇거리고 있는데 저쪽 말이 이어 나온다.

"오빠. 제 편지 받고 놀라지 않으셨어요? 편지를 할까 말까로 무척 망설였습니다. 엄마한테도 몇 번 물어보았지만 대답을 안 하시는 거예요. 갓난아기 때 오빠 사진이라면서 어제도 저 모르게 들여다보다 들켰습니다. 지금 엄마는 제가 오빠한테 편지를 한 것도 모릅니다."

"응. 그래서."

나는 내가 열심히 듣고 있다는 것만 내색으로 보였다.

"이제 어머님 연세도 있고, 저도 현재 몸이 좀 안 좋고 해서, 또 나중에 알더라도 살았을 때 얼굴 한번 보는 게 낫지 않을까 해서, 많은 고심 끝에 편지를 썼던 겁니다. 그 편지를 받으면 오빠가 놀랄 거라는 걸 왜 제가 모르겠습니까. 저는 어떤 것이든 오빠가 하자는 대로 다 받아들이겠습니다. 우리가 만나고 안 만나고 하는 뒷일은 모두 오빠가 결정을 하십시오."

저쪽 이야기가 조심스러우면서도 야무졌다.

"지금 거기가 어디야? 봉투에는 강릉으로 돼 있던데."

"예, 강릉입니다."

"일단 내가 알았으니까, 한번 가도록 할게."

"오신다면 언제쯤?"

"지금이라도 당장 가고 싶다만 그럴 수는 없고, 늦더라도 주말 안으로는 가도록 해볼게. 더 다른 이야기는 그때 만나서 하자꾸나."

"고맙습니다, 오빠. 엄니한테도 그렇게 전하겠습니다."

"그래, 그래라."

그리고 이틀 뒤 강릉을 찾았다.

지나온 55년간의 어머니에 대한 은원恩怨, 다시 말해 어머니에 대한 그리움이 이렇게 풀어지는구나 하는 고마움과 인생말년에 생각지도 않은 짐 덩어리를 떠맡게 되는구나 하는 못마땅함도 있었지만 하나의 업보로 받아들이는 수밖에 없었다.

가급적이면 좋은 쪽으로 생각하고 모든 걸 하나의 운명으로, 불교에서 말하는 전생의 연으로 받아들이자고 자신을 어르고 달랬다.

아내가 살아있어 이 일을 맞았더라면 어떤 마음을 가졌을까. 아내가 먼저 세상을 떠난 것이 이런 경우 다행일까 불행일까.

할머니가 살아계셨을 때 할머니는 어머니를 원수처럼 생각하고 지냈다.

"혹 어미한테서 무슨 연락이 있더라도 너희들은 절대로 만나지 말아라."

아내가 살아있을 때 할머니가 아내에게 한 당부였다. 물론 나한테도 그런 말이 있었지만, 그것만으로는 미진해서 아내에게까지 부탁한 것으로 알고 있다. 왜 할머니가 어머니를 그렇게 미워했을까, 그것도 새삼스레 궁금해졌다.

정보화시대라 마음만 먹으면, 그리고 살아만 계신다면 얼마든지 만날 수 있는 어머니를 지금까지 모른 척 지내온 것도 실은, 그런 데 까닭이 있었다. 그러나 이제는 무너뜨려야 할 판이다.

아이들한테는 모르는 척 묻어두기로 하자. 지금 한창 혼사 이야기가 오고가고 하는데, 이런 이야기를 보태서 아무런 도움이 못 된다는 건 뻔한 일. 혹 아이들한테 알리더라도 나중에 적당한 틈을 봐서 밝히자.

슬픔은 나누면 반감이 되고, 기쁨은 나누면 배로 불어난다는

데, 이럴 때는 같이 심금을 털어놓을 사람이라도 누구 한 사람 있었으면 좋으련만, 외톨이로 자란 게 마냥 원망스러울 뿐이다.

전쟁 이산가족이 무색할 정도로 반세기가 훌쩍 넘어 기적으로 만나는 모자의 상봉, 이 운명적 만남을 위해 승용차에 올랐다. 출발하면서 내비게이션에다 어머니가 있다는 곳을 찍어보니 350km가 나왔다.

하늘 아래 첫 동네 증산면 황정리

내가 태어난 곳은 금릉군(김천시) 증산면 황정리 217번지, 자연부락 이름으로는 고무실이라고 부른다. 김천에서 무주나 거창으로 가자면 굽이굽이 산골짜기를 돌아 넘어가야 하는데, 그 5부 능선 비탈에 자리 잡은 마을이다.

지금은 주변이 많이 개발돼, 산 밑으로 조금만 나오면 계곡 물줄기를 따라 대구에서 성주를 통해 무주로 들어가는 2차선 포장도로가 번듯하게 나 있다. 산모퉁이 하나만 돌아서면 비구니들만이 있는 청암사가 나온다.

언제부터 그런 이름이 붙었는지 요즘은 청암사 앞으로 난 길을 '인현왕후길'이라고 부른다. 장희빈 때문에 폐위를 당한 숙종의 비 인현왕후가 이곳 청암사에서 보내다가 복위되었다고 해서 그렇게 부른다고 한다.

무흘구곡 중 마지막 용추폭포

성주 출신인 한강寒岡 정구鄭逑 선생이 풍광이 수려한 중국의 무이산武夷山 구곡九曲에다 비유해서 무흘구곡武屹九曲이라고 이름을 붙인, 대가천大伽川 깊은 계곡의 끝자락에 있는 용추폭포가 멀지 않은 곳에 자리 잡고 있어, 여름이면 피서객들이 많이 찾는 곳이다.

진달래, 개나리가 지고 나면 뻐꾹새가 밤낮을 가리지 않고 우는 곳이 내 고향이다. 지금도 뻐꾸기 울음소리가 들리는 음력 3월이 오면 돌아가신 할머니 얼굴이 먼저 떠오른다. 뻐꾹새가 울면 보름 안으로 햇보리 풋바심을 먹을 수 있다고 해서, 보릿고개가 돌아올 때마다 뻐꾹새 소리에 귀를 기울이던 할머니 모습이 선하다.

어머니가 없는 나에게 할머니는 소중한, 세상에 하나밖에 없는 내가 믿고 의지해 온 사람이다.

1946년, 6.25전쟁이 터지기 4년 전 나는 그곳에서 태어났다. 할머니가 들려준 내 출생 비화에 의하면, 해방 이후 나라가 온통 좌우 진영으로 갈려 갈팡질팡할 때, 좌익계열에서 활동하던 아버지가, 어느 날 김천에서 버스 차장으로 일 보던 처녀를 데리고 들어와 나를 낳았다는 것이다. 하지만 어머니는 그런 아버지가 못마땅했던지, 아니면 다른 사연이 있는지 모르지만 아버지가 집을 비운 틈을 이용, 몰래 어디론가 행방을 감추었다고 한다.

깊은 내력까지 속속들이 알 수는 없지만, 아버지가 객지로 돌아다니던 시절이어서 당신이 떠나고 나면 내가 어떻게 된다는 것을 뻔히 알면서도 그렇게 사라져버린 매정하고 독한 여자, 그리고 한 번 떠난 뒤로 반세기가 넘도록 소식을 끊었으니 이미 나와는 오

중국 무이구곡에서 노를 젓다

래전에 인연이 끝난, 그런 사람이라는 게 내가 아는 어머니의 신상 명세였을 뿐이다.

그 무렵 아버지는 김천에서 발행하는 〈김천매일신문〉이라는 지방지의 기자로 일했던 모양이다. 나한테 딱 한 장 남아있는 아버지 사진을 보면, 양복 차림새에다가 검은 테 안경을 반듯하게 쓴 얼굴이 퍽 이지적으로 보였다.

그 사진 한 장만으로도 아버지의 분위기는 당시의 다른 사람들과 비교해 볼 때 남다른 위치에서, 남다른 일을 하지 않았을까 짐작이 간다. 더군다나 소문에 의하면 개명된 사람들만이 좌익계열에서 활동할 수 있다는 이야기가 있는데, 그런 것과도 무관하지 않은 듯싶다.

그런데 어디에서 어떤 변화가 생겼던지 6.25전쟁이 거의 끝날 무렵 날아든 소식에 의하면 아버지는 강원도 현리전투에서 국군으로 참전전사한 것으로 돼 있었다. 내가 아는 부모와의 인연은 그게 모두였다.

나한테 부모에 대한 기억은 딱 하나가 있다. 하루는 아버지는 나를 이웃집 가마솥 옆에다가 앉혀놓고 쇠죽 끓인 물에다가 목욕을 시켰는데, 그것 하나뿐이다. 실은 그것조차도 할머니한테 들은 이야기로 만들어진 잔영인지, 아니면 실제 내가 경험한 것인지 아슴푸레할 뿐이다.

철이 들면서 내가 가장 먼저 배운 건 지게를 반듯하게 지는 방법이었다. 당시 숙부는 남의 집 머슴살이를 했다. 산비탈로 약간의 천수답을 만들어 농사를 짓기는 했지만, 해마다 보릿고개 앞에서는 집집마다 한숨으로 날이 저물고 새던 시절이었다.

요즘 한창 유행하는 〈보릿고개〉라는 노래가 신나게 흥을 돋우는 노래로 불리고 있지만, 실제로 그 시절을 살았던 나한테는 상상하기도 싫은 일이다. 초근목피로 끼니를 때우고 사는 처지에 어디에서 그런 흥이 나올까.

금년 봄에 고향에 들렀더니 꼬부랑 할머니가 된 숙모는 옛날 관습으로 쑥을 한 삼태기나 뜯어두었다가 건네주면서, 우리네들 숙질간의 남다른 정의를 드러낸다.

"자네 준다고 일부러 뜯어 모은 거다. 사람 몸에 쑥만 한 나물이 잘 웁니다. 무를 삐져 국을 끓여도 좋고, 떡을 해묵어도 되고, 쑥버무리를 해묵어도 맛이 있니라."

반세기 만에 이루어진 모자의 해후

세상에 부모 없는 자식이 어디 있겠는가. 천륜이란 게 있다. 부모 자식 간의 도리가 그것이다. 나도 어머니가 보고 싶었다. 어렸을 때는 환경의 지배를 받다가 보니 내 마음대로 할 수가 없었지만 어느 정도 성장한 뒤로는 어머니가 한 번씩 보고 싶고 그리웠다.

하지만 그것도 쉬운 건 아니었다. 할머니가 살아있을 때는 할머니 눈치를 안 볼 수가 없었다. "무슨 일이 있더라도 네 엄마는 찾지 마라."라는 할머니의 당부 때문이다. 그 당부 속에 구체적인 표현은 없었지만, 어머니가 집을 나가게 된 동기 같은 것, 다시 말해 고부간의 말 못 할 사정이 숨어있음이 분명했다.

할머니 밑에서 자랐으니 그것 또한 내가 지켜주는 게 도리가 아니겠는가. 할머니가 돌아가신 뒤로는 나한테 새로운 가족들이 생겼으니, 이 또한 어머니를 찾는 데는 걸림돌이 될 수밖에 없었다.

아무리 천륜이라고 하지만, 어머니를 찾음으로 해서 새로운 비극이 연출된다고 한다면 이건 차라리 안 만나는 것보다 못한 일이 아니겠는가. 이런 이율배반의 생활 속에서 어영부영 지내다가 그날 민주의 편지를 받게 된 것이다.

이런저런 생각들을 하면서 가다 보니, 어느 틈에 차는 강릉시 포남동 송정주공아파트 앞을 더듬고 있었다. 승용차 내비게이션의 안내로 찾아온 어머니 모녀가 살고 있다는 아파트다. 세 개 동으로 이루어진 5층짜리 공동주택, 위치며 주변 조경이 첫눈에도 영세민 아파트라는 게 쉽게 표가 났다.

차에서 내린 나는 아파트를 한 번 둘러보고는 민주한테 전화를 걸었다. 전화기를 옆에 두고 있었던지 바로 받는다.

"나, 오빠다. 지금 막 도착했다. 잠깐 좀 내려올래."

생후 첫 대면이 이루어지려는 참이라, 내 입으로 꺼낸 오빠라는 말이 어색했지만, 그렇게 정을 내본다. 어쨌거나 한 어머니 배 속에서 나왔으니 오빠가 아닌가.

"예, 알았습니다. 바로 내려갈게요."

이런 것도 핏줄의 힘이라고 봐야 할까, 고만고만한 키에 해쓱한 얼굴의 여인이 나타나는데 첫눈에도 남다른 느낌이 왔다.

50대라면 아직 젊은 행색으로 살 수 있는 여자인데 어딘지 모르게 차림이며 표정이 병약해 보이는 몰골이었다. 보낸 편지를 읽으면서 내가 가슴속에 그려본 사람에서 크게 벗어나지는 않았다.

"오빠 정말 죄송합니다. 제가 이런 처지에서 오빠한테 연락을 해, 면목이 없습니다."

"무슨 그런 말을 하노. 자네가 죄송할 게 뭐가 있나. 이것도 하나의 인연인데, 서로가 알고 있는 이상 앞으로는 연락은 하고 지내야지."

나는 동생의 손을 잡았다. 꿈에도 생각 못 했던 또 하나의 혈육이 이곳에서 나를 기다리고 있을 줄이야. 업보가 만들어준, 운명적 만남의 희비쌍곡선이 만감으로 엉키는 순간이기도 했다.

"길이 멀어 고생은 안 했어요?"

"아니, 괜찮아."

사실 나는 어떻게 왔는지 모르게 왔다.

"고생 많았습니다, 오빠."

"어머니는 집에 계시지?"

"예. 오빠가 오신다는 거, 말씀 드렸습니다."

"잘했다."

조금 준비해 온 물건을 챙겨들고는 바로 올라갔다. 어머니가 있는 곳은, 각 층이 복도식으로 만들어진 5층 안쪽 끝집이었다.

내가 들어서자 어머니는 환자들이 이용하는 의자에 앉았다가 막 일어나면서 뻘쭘하게 처다보다가, 내가 손을 내밀자 그제야 두 팔로 나를 끌어안으며 맞아주었다. 북받치는 감정 때문인지 몸을 제대로 추스르지도 못하는 어머니 품에 안겨 잠시나마 나는 무아지경에 빠져야 했다.

어머니의 쿵쿵 뛰는 가슴이 내 몸으로 전달됐다. 곳곳에 눈물이 얼룩졌다. 그야말로 꿈같은 현실이 눈앞에 벌어진 것이다. 민주도 돌아서서 눈물을 훔쳤다.

분명히 어머니란 말이 쏟아져야 하는데, 50년을 넘게 모르고 지내온 막힌 감정 때문인지, 이상하게도 '어머니' 소리가 나오질 않는다. 50여 년의 굳은 감정을 녹이는 최소한의 시간이 필요했던 것일까, 만나기만 했지 한참 동안을 서로 망연자실한 채 할 말을 잃었다.

얼마간을 그렇게 서로가 꿔다놓은 보릿자루마냥 어물쩍거리다 가 동생이 차려놓은 상차림을 가운데 놓고 마주 앉아서야 제대로 얼굴을 똑바로 쳐다볼 수가 있었다.

묵은 사진이 한 장 있기는 했지만, 내가 어릴 때 그려본 어머니 의 얼굴은 어디에도 없었다. 당신이 어머니라니까, 어머닌가 싶을 뿐인 모습이다. 아마 어머니 눈에도 내 모습이 그렇게 비쳐진 건 아닌지 모르리라.

영원히 못 만날 줄 알았던 우리 모자의 상봉은 이렇게, 그야말 로 드라마의 소재로나 등장할 수 있는 그런 연출로 이루어졌다.

"내가 이런 몰골로 무슨 말을 하겠노. 자네한테는 할 말이 아무 것도 읍다. 내가 할 말이라고는 그 말뿐이다."

가까스로 감정을 추스른 뒤 어머니가 내뱉은 첫마디였다.

"어디 편찮은 데는 없습니까? 몸이 어눌해 보이는데…."

"나이가 있는데 우짜겠노. 인자 그냥 그래 사는 거제."

세상 이치를 어느 정도 달관한 듯한, 수용이라면 수용이고, 포 기라면 포기를 이미 한 듯한, 인생살이의 굴곡을 섭렵한 담담한 말 투였다.

55년, 반세기가 훨씬 넘어, 6.25전쟁이 만들어 놓은 또 하나의 이산가족의 만남은 이렇게 꿈처럼, 기적처럼 만들어졌다.

그동안 서로의 내력을 하나하나 풀어놓자면 억장이 무너지는 사연들로 가득하겠지만, 서로가 아끼고 참았다. 어디 그게 필설筆舌로 다 할 수 있는 이야기인가. 가정은 어떻게 꾸려 가는지 모르지만 가장집물들을 둘러보니 곳곳에 구차한 삶이 고여 있는 살림살이였다.

어쨌거나 신혼 초에 남편을 버리고, 핏덩어리 자식까지 버리고 찾아간 '엄마의 나라'가 이런 삶이었던가, 싶은 착잡한 생각을 버릴 수가 없었다.

"우리 이렇게 살고 있습니다. 그래도 먹고 지내는 데는 괜찮습니다."

내 표정에 나도 모를 딱함이 묻었던지 동생의 이야기가 나를 다독였다.

"사람 사는 게 다 그렇지 뭐. 어디 별난 데가 있나."

이렇게 뜸을 들여 그동안 살아온 저마다의 보따리를 조심스럽게, 상대방의 눈치를 봐가면서 그러나 한계선을 지켜 풀어놓았다.

사변 직후 초근목피로 이어가는 어려운 산골생활 속에서도 김천에서 중, 고등학교를 나왔고, 체신부 공무원이 되었으며, 직장생활을 하면서 학부를 마쳤고, kt로 자리를 옮겨 중간간부로 지내다가 이젠 나이도 있고 해서, 퇴직 후의 생활을 구상하고 있음을 얼버무려 밝혔다.

슬하에 남매를 두었으며 모두 직장생활을 하고 있다는 것도, 고향 고무실에는 숙부 내외가 지금도 옛날 그 집에서 새로 지내기

편하도록 보완을 해서 살고 있다는 것도, 가감 없이 사실 그대로 얘기했다.

어머니는 새로운 남편을 만나 그쪽 소생 4남매를 두었으며 지금 같이 있는 한민주는 둘째이고 아들 셋은 그냥저냥 자영업과 직장생활로 꾸려나가고 있으며, 새로 만났던 남편은 일찍 사별했다는 것으로 보아, 일일이 밝히지는 않았지만 어머니는 이곳에 와서도 적잖은 고생을 한 것 같았다.

무슨 까닭인지는 모르지만 딸이 혼자 어머니 곁에 있는 것으로 보아 가정파탄으로 인한 후유증은 아닌지 모르겠다는 생각을 했다.

아내가 얼마 전에 지병으로 세상을 떠났다는 건 나에게 큰 변화이지만 그 이야기는 끝내 꺼내지 않았다. 몰라도 좋은 건 안 듯 모른 듯 그대로 두는 것도 생활의 지혜가 아니겠는가.

이야기를 대충 듣고 난 뒤에 느낌은, 이왕에 개가를 해서 새로운 가정을 꾸렸으면, 어머니 혼자만이라도 새 남편과 다복한 가정을 누렸으면 좋으련만 싶은 생각이 아쉬움으로 남았다.

하긴 또 그렇다면 나한테 연락도 없었을 테고, 내가 이렇게 찾아올 일도 천만에 없을 것이다. 모든 걸 하나의 인생극장에서 벌어진 이야기로 묻어두는 수밖에 없다.

차려주는 저녁까지 먹고는, 창밖이 어두워지는 걸 보고 밤이 한참이나 돼서 나는 자리에서 일어났다.

"오빠 이건 안 됩니다. 아무리 여기가 누추하더라도 그렇게 갈

수는 없습니다. 자고 가세요."

"괜찮다. 집에서는 내가 여기 온 줄 모른다. 그러니까…."

"그 먼 길을 또 간단 말이가. 날이 어두워오는데."

어머니도 엉거주춤 말린다.

"괜찮습니다. 길이 좋아서. 내가 가서 늦더라도 전화할게요."

그곳에서 하루저녁을 묵어도 별 일이야 없겠지만 내 마음이 편하지 않았다. 내 마음이 이렇게 불편하고 힘이 드는데 저쪽도 마찬가지 아니겠는가. 언젠가는 그런 날도 오겠지만 아무래도 지금은 아닌 듯했다.

"모르겠습니다. 오빠 좋으실 대로 하세요."

민주도 더 이상 잡지는 않았다. 자기네들이 잡아서 내가 다시 주저앉을 사람이 아니란 것도 이미 아는 듯했다. 아파트 밑 주차장까지 따라 내려온 동생한테 준비해 간 봉투 하나를 쥐어주며 이른다.

"또 올게. 이제 길을 알았으니까 자주는 못 오더라도 힘자라는 데까지는 부지런히 오도록 하마. 어머니 잘 모셔라. 자네가 고생이 많겠구나."

"길이 먼데 괜찮겠습니까. 오빠 연세도 적은 연세는 아닌데."

"아직 그런 걱정은 안 해도 된다."

잡았던 동생의 손을 놓고 차에 올랐다. 길이 꺾여 아파트단지 정문까지 따라 나와 손을 흔드는 민주가 백미러에서 사라지자, 그때까지 어디에 숨어있었던지, 아까 어머니 품에 안겨서도 나오지 않던, 나도 모를 눈물이 주루룩 쏟아졌다.

그날 저녁, 강릉 한 모퉁이 여관에서 투숙을 했다. 좀처럼 없던 초행 장거리 운전에다가, 종일 겪었던 정신적 피로가 겹쳐 당일치기로 다시 돌아온다는 건 어려울 것 같았기 때문이다.

그날 저녁 나는 소주잔과 마주 앉아 나를 달랜 뒤, 집을 나오면서 민주한테 받아든 새로 생긴 동생들 전화번호를 꺼내놓고 그들과도 한 통화씩 이야기를 나누었다. 어차피 그렇게 풀어나가야 될 일 아닌가.

다음 날 새벽 먼동이 트는 것을 보고 대구로 향했다.

또 다른
이별

어머니를 요양원에 모셔놓고

우리들 삶이 지향하는 길은 두 가지가 있다. 하나는 꿈이고 다른 하나는 현실이다. 살아가는 데는 꿈도 현실도 다 우리한테는 필요한 일들이다. 그러나 꿈은 유보를 할 수 있지만 현실은 그게 안된다. 발등에 떨어진 불, 바로 의식주와 직결되는 일이기 때문이다.

지금까지 꿈으로만 존재했던 어머니가 현실로 내 앞에 나타났으니 나에게는 누가 뭐라든 큰 짐이 아닐 수 없다. 정신적으로는 물론 경제적으로도 당장 내 손길이 필요했다.

더군다나 지금 어머니는 고혈압, 당뇨 등의 노인성 질환을 가지고 있고, 같이 있는 민주 또한 이혼녀에다가 굳이 밝히진 않았지만 지병을 가지고 있어, 동생들의 지원을 받으며 어려운 생활을 꾸려가고 있는 형편이다.

민주가 나한테 연락을 취한 이면에는 이런 형편을 타개하기 위한 하나의 방편과도 무관하지 않음이 분명히 들어있다고 봐야 할 것이다.

천 근 무게를 진 것만큼 어깨가 무거웠다. 하지만 다른 방법이 없다. 모든 것을 하나의 운명으로, 긍정적으로 받아들여야 할 판이다. 어쨌거나 어머니는 오늘 내가 있게 해준 사람이 아니던가. 내가 할 수 있는 범위 내에서 최선을 다하는 것이 도리다. 그게 사람이 가는 길이다.

그날 방문을 시발점으로 해서, 대구-강릉을 수시로 나들었다. 형편이 여의치 못해 직접 못 찾아볼 때는 전화로, 우편으로, 한 가정의 가장으로 거느리는 현 가정생활 외에 또 하나 가정의 지배를 받으면서 그렇게 보냈던 것이다.

내 가족들이 모르도록 할 수밖에 없는 일이기에 더 마음이 괴로웠다. 그즈음 막 신혼에 들어간 자식들이라 어머니(할머니) 이야기는 아무런 도움이 못 되기 때문이다. 몰라서 그들이 편할 수 있다면 그 길을 택할 수밖에 없다고 판단한 것이다. 인륜으로, 하나의 인간적 덕목으로는 바람직하지 못한 일일 수도 있지만, 그러나 아직은 그 시간이 아니라고 나름 판단했다.

그러는 사이 어느 틈에 14년 세월이 흘렀고, 어머니를 모시고 지내던 동생 민주가 하늘나라로 떠났다. 지병이 악화된 것이다. 어머니를 먼저 보내고 자기가 뒤를 따라야만 눈을 편히 감을 수 있다며, 오매불망 주워섬기더니만, 한사코 그 소원을 못 이루고 먼저 떠났다. 일일이 다 늘어놓을 수는 없지만 민주 역시 어머니 인생 못지않은 고달프고 힘든 '여자의 일생'을 살았다.

죽은 동생 일도 애틋하고 안타까운 일이지만 나한테는 남은 어머니 일이 더 걱정이었다. 지금까지 모든 것을 민주에게 의지하고 살아온 어머니인데, 그 상심을 어떻게 추슬러야 좋을지, 그 해법을 찾는 일이 현안으로 다가와 나를 괴롭힌 것이다.

얼기설기 민주의 장례를 치른 다음 날 그쪽 동생 셋과 자리를 만들었다. 민주 사후의 어머니 부양문제를 협의하기 위해서였다.

같은 피를 나눈 친동기간이라도 이런 자리는 힘들고 어렵다. 누구 하나 선뜻 입을 여는 사람이 없는, 서로가 눈치만 보는 난감한 자리가 될 수밖에 없다.

"어머니를 요양병원으로 모셨으면 좋겠는데, 자네들 의견은 어떠노? 좋은 방안이 있거든 같이 한번 논의해 보자."

내가 단도직입적으로 솔직하게 털어놓고 그들의 의중을 타진해 보았다. 아무리 생각을 해봐도 그 길밖에 다른 방도가 없었다.

나를 아는 모든 사람들은 물론 친인척까지도 나한테는 양친이 안 계신 것으로 알고 있다. 어머니를 새로 만나 내왕이 있기 시작한 뒤에도 나는 모른 척 덮어두었다. 50년도 더 지난 일을 지금 밝힌다고 해서 될 일은 누가 뭐래도 천만에 아닌 것이다.

"저희들은 형님이 하자는 대로 따르겠습니다."

그네들도 이구동성으로 그렇게 입을 모았다. 다소 다른 이야기를 비치긴 했지만 그것은 그냥 하나의 치레였고, 그 말이 내 입에서 먼저 나오기를 기다렸다는 듯 따라 나왔다.

어머니의 의견은 한번 들어보지도 않고, 그렇게 정해버린 것이 죄송스러웠지만 현실을 외면해서 일을 만들 수는 없었다.

어머니도 이미 자식들의 처지를 알고 있는 터라, 이미 각오한 듯 내색 없이 받아들였다.

너 나 할 것 없이 모두가 어머니 밑에서 금이야, 옥이야, 자란 권속들이지만 누구 하나, 인사치레라도 내가 모시겠다는 이는 없었다. 결국은 나도 그 가운데 한 사람이지만, 내리사랑과 치사랑의 차이라는 천륜으로만 돌려버리기엔 너무 가슴이 아프다.

요양원에 입원하기 직전 나는 모처럼 어머니한테 내 마음이 담긴 한마디를 건네 보았다.

"엄니, 혹 증산에 한번 가보고 싶은 생각 없습니까?"

어머니가 잠시 살았던 황정리가 든 증산면을 옛날부터 그곳 사람들은 '증산'으로 불렀다. 짧은 기간이지만 그곳은 어머니가 시집살이를 시작했고, 아버지와 신혼을 보냈으며, 나를 낳았던 곳이기에 수구초심首丘初心의 의향을 담아 물어보았다. 그리고 원한다면 당일치기라도 한번 모셔, 그것으로나마 마지막 효도를 해보고 싶었던 것이다.

잠시 생각해 보는 것 같더니만 고개를 흔들었다.

"안 갈란다."

그리고 한참 뒤에 말했다.

"재작년 가실에 민주랑 청암사를 한 번 다녀왔느라. 그랬으문 댔지, 새로 갈 게 머가 있겠노."

나는 처음 듣는 이야기였다. 고무실까지 들러보았는지는 알 수가 없지만 민주와 같이 있을 때 한 번 다녀온 모양이었다. 어머니 요양병원 입원을 결정해 놓고 귀가해서 지내고 있는데, 일주일쯤 뒤 동생들에게서 전화가 왔다.

"형님, 어머님은 어제 요양병원에 모셨습니다. 우리가 자주 찾아뵙고 수발을 들도록 하겠습니다."

이윽고, 아니 마침내 어머니가 요양원에 들어갔다. 또 한 번 박복한 어머니의 말년 모습이 머릿속에서 안타깝게 요동을 쳤지만 그렇게 오래 가지는 않았다.

"그래, 알았네. 수고 많았다. 일간에 나도 시간 만들어 다녀오도록 하마. 갈 때는 연락을 할게."

"예, 알겠습니다."

민주의 죽음과 어머니의 요양원 입원, 인간사에서 벌어진 일들이라 더러는 괴롭기도 하고 눈물겹기도 한 연민과 정한이 교차되는 일임에도, 그런 감정은 하나도 느낄 수가 없는 게 이상했다.

그동안의 힘겨운 생활에 모든 감정이 소진된 것은 아닌지 모르겠다. 어느 틈에 이제는 하나도 애틋하게 느껴지는 게 없다. 모든 게 나한테는 덤덤한, 그냥 하나의 일상사로 나타나서 떠나곤 할 뿐이다.

그립습니다　　　　　'아버님 전상서'

부주전 상서(父主前 上書)
어렸을 때 집안 할아버지 밑에서 천자문을 배웠습니다.

아버지한테 편지를 쓸 때는 '부주전 상서'로 시작하고 마지막엔 '불초소생 아무개'라 써야 한다고, 배우기만 했지 아직 한 번도 써 본 일이 없는 이 말을 오늘 아버지 돌아가신 후 처음으로 써 봅니다.

아버지!

오늘 저는 어머니가 혼자 계신 요양원에 다녀왔습니다. 어머니가 계신 강원도 강릉에는 경칩이 지난 지금도 눈이 하얗게 쌓여 있습니다.

저는 아버지가 6·25전쟁 때 강원도 현리전투에서 전사하셨다는 것도 어머니가 저를 할머니한테 맡기고 개가하셨다는 것도 철이든 뒤에서야 알았습니다.

6·25전쟁 때 세상을 떠난 아버지의 생전 모습.

저한테 아버지에 대한 기억은 저를 업고 어떤 집에 가서 쇠죽을 끓이는 가마솥 물로 목욕을 시켜준 아물아물한 기억 하나가 있을 뿐입니다.

내년이면 아버지께서 세상을 떠난 지 70년이 되는 해입니다.

어머니가 개가하셨다는 것을 전하기가 참으로 송구스럽습니다. 깊은 사정은 모르는 일이지만 저를 남겨두고 떠나가자면 어머니한테도 그럴 만한 사정이 있지 않았겠습니다.

어머니는 그동안 강원도 강릉에서 사시면서 새로 만난 남편과도 일찌감치 사별하고, 4남매를 두고 지내시다가 그쪽 가족들도 연로하신 어머니를 모실 형편이 못 된다고 연락이 와서 강릉요양원에다 모셨습니다.

저를 18세에 낳았다 하니 올해 어머니 연세가 92세입니다. 오늘 아버지께 어머니를 용서해달라는 말씀을 드리고자 합니다. 지금 어머니는 내일을 기약할 수 없는 어려운 생의 마지막 삶을 살아가고 있습니다.

참 제 이야기를 못 했습니다. 저는 아버지 떠나신 후 할머니 슬하에서 자랐고, 어머니 계신 곳을 알았지만 제가 찾아갈 곳은 아니었기 때문에 혼자서 아버지 몫까지 살려고 열심히 살았습니다.

슬하에 남매를 두었고, 그들 밑에 각각 남매를 두어 큰 어려움 없이 잘 지내고 있습니다.

아버지!

이제는 기억에도 가물가물 멀어간 아버지의 모습이지만 그립고 보고 싶습니다. 또 6·25전쟁 일이 다가옵니다. 올해에도 잊지 않고 가솔들과 함께 아버지도 찾아뵙겠습니다.

안녕히 계십시오.

불초소생 장진수 올림

2019년 3월 14일 목요일　毎日新聞

※사랑하는 가족이나 친구, 주변 지인들이 어느 날 갑자기 내 곁을 떠난다면 그분과 함께 했던 많은 일들을 그리워할 것입니다. 독자 여러분들이 고인과 함께 겪은 사연(원고지 6~8매)과 사진을 dokja@imaeil.com으로 보내주시면 지면에 게재합니다. 적극적인 참여를 기대합니다. 053)251-1580.

그리고 또 다시 4년이 흘렀다. 어머니와 처음 교신이 있고 18년의 세월이 그사이에 흘렀다. 처음 안부를 접하고 만났을 때부터 시난고난했던 어머니의 건강 차도는, 강산이 두 번이나 변한 18여 년 전 그때나 지금이나 나아진 것도, 달라진 것도 없다.

1928년 생, 어머니는 우리 나이로 금년 94세를 누리고 있다. 지금까지 정황으로 봐서 쉽게 오늘내일 돌아가실 분도 아니지만, 또 알 수 없는 것이 노인네들의 일이라, 오늘 저녁에라도 어떤 일이 생길지는 아무도 모른다.

이제는 나도 70 중반에 들었다. 세월이 좋아서 그렇지 옛날 같으면 나도 상노인이다. 인명은 재천이라, 거기에만 의존하는 수밖에 없다.

재작년 봄 나는 매일신문 '그립습니다' 라는 칼럼에 아버지가 돌아가신 지 70년을 기념해서 사진과 함께 아직 어머니가 살아계신다는 글 한 편을 편지 형식으로 써서 게재한 일이 있다. 돌아가신 줄만 알았던 어머니를 55년 만에 다시 만나 지금 요양원에 모셔 놓았으니, 박복한 어머니가 나중에 아버지를 찾아가시더라도 나무라지 말고 금도襟度로서 용서해 달라는, 자식의 마음을 담았던 것이다.

지금 와서 그런 일들이 무슨 소용이 있을까만 그렇게라도 싱거운 짓을 해서 마음을 추스르고 나니 쌓였던 정한이 조금은 풀어진 것 같다.

그 글이 신문에 나자 주변 친구들이 그 사실을 알고, 위로인지 뭔지 모를 인사를 했다. 그들은 모두 나에게는 부모가 안 계신 줄 알고 있었는데 그런 내용이 기사로 떴으니 좀 당황했을 것이다.

나는 재능기부의 하나로, 10여 년 전부터 고령군청의 요청에 따라 월 1회 대창양로원에 이야기강사로 나가고 있다.

그곳에 수용된 노인들은 대부분 일제 강점기에 사할린으로 끌려가 강제노역으로 복역하다가, 정부의 주선으로 귀국하기는 했으나 마땅히 갈 만한 곳이 없어, 노후의 여생을 그곳에서 딱하게 보내고 있는 어르신들이다.

얼마 전에는 한 나라에 같이 살면서도 이런 어처구니없는 일을 만들어 살고 있었다는 우리 모자간의 이야기로 그들을 위로한 일도 있었다.

어머니, 죄송합니다

강릉시 내곡동에 자리 잡고 있는 '가정강릉 요양원'. 지금 어머니가 입원해서 하루하루를 보내고 있는 또 하나의 '엄마의 나라'다.

지난해 5월 7일 어버이날을 하루 앞두고 어머니를 찾아뵈었다. 설밑에 한번 찾아뵙고 들렀으니까 4개월 만의 방문이었다.

요양원에 처음 입원하던 날, 나 혼자 일방적으로 어머니한테 통보한 것이지만, 못 와도 한 달에 한 번씩은 오겠다고 약속을 했는데, 사실 나는 그것을 못 지키고 있다. 어머니도 그 말을 액면 그대로 받아들이진 않을 것이라고 보지만, 그렇다고 무턱대고 한 약속은 아니다.

긴병에 효자가 없다는 말로 에둘러 변명을 해보는 수밖에 다른 방법이 없다. 그때는 어머니가 이렇게 오래 투병생활을 하리라고는 믿지 않았다. 세상살이가 마음처럼 쉬운 것만은 아니기에 하는 이야기다. 부부간에도, 부모 자식 간에도 못 할 말, 안 할 말이 있는데, 송구스럽지만 그런 쪽에다가 묻어두련다.

더군다나 지난해는 코로나19로 인해 모든 만남은 이유를 불문하고 제약을 받기 때문에 더했다. 그나마 마침 '사회적 거리두기'가 '생활 속 거리두기'로 바뀌어 찾아뵐 수가 있었다.

내가 요양원에 들어섰을 때는 점심시간이 한참 지난 뒤였다. 무슨 생각에 묻혀있는지, 어머니는 내가 당신 옆에 바짝 다가설 때까지 멍하니 창밖을 내다보고 있었다.

지난번에 들렀을 때도 어머니는 그런 자세로 침대에 걸터앉아 있었는데, 어느 틈에 버릇으로 굳은 건 아닌지 모르겠다.

"뭘 그렇게 열심히 보고 있어요. 옆에 사람이 와도 모르고."

"아이구, 왔구나."

어머니 반응은 항상 같았다. 살아온 세월 속에 감정이 모두 소멸된 것인지 마른 음성이었다. 지금쯤 이제 내 이름도 한 번쯤 불러도 괜찮지 싶은데, 끝내 이름은 입에 담지 않았다. 나이가 아무리 많아도 당신한테 나는 자식인데, 아직도 내가 어려운 건 아닌지 모르겠다.

어머니가 바라보던 창밖으로는, 울타리로 만들어놓은 석축 틈으로 연산홍 꽃이 이제 한창이었다. 흐드러진 꽃을 같이 바라보면서 일렀다.

"대구에는 저런 꽃이 벌써 다 지고 없는데, 강원도가 멀기는 멀구먼요."

"오는데 눈은 없더나. 가까운 길도 아인데 조심하제."

"지금이 5월 달인데 눈은 무슨 눈."

"여기는 어제도 눈이 왔다더라만."

요 며칠간 날씨가 변덕을 부려 대관령에는 새로 눈이 제법 내렸다는 뉴스가 있더니만, 아마 그걸 빗대어 말하는 것 같았다.

"아픈 데는 없어요?"

"읎다."

"음식 나오는 건 먹을 만한가요?"

"여게 우리 방에서는 내가 두 번째로 나이가 많은 거 같더라. 고만 살 만큼 살았응게 이제 나도 누가 데리고 갔으문 안 좋겠나."

어머니는 동문서답을 하고 있었다. 귀가 어두운 건지, 아니면 혼미한 정신에서 오는 건지 모르겠다. 그것도 아니면 나한테 미안해서 하는 소리인지도 알 수가 없다. 지난번 들렀을 때 의사에게 근간에 와서 알츠하이머 증세가 조금씩 보인다는 이야기를 들었기 때문이다.

"또 쓸데없는 얘길 한다."

노인들의 입에서 나온 이야기라 예사로 들어 넘겼다. 내 귀에는 당신이 살아온 생애를 반추해 보는 듯한 담담하면서도 무거운 말투로 들렸다. 다람쥐 쳇바퀴 도는 듯한 생활이 어쩌면 지겨울지도 모를 일이었다. 준비해 간 음료수를 따 건네며 물었다.

"약은 시키는 대로 잘 드시죠?"

지금 어머니는 고혈압 약과 당뇨 약을 먹고 있다.

"…"

고개를 끄덕인다.

"서울 개들은 한 번씩 다녀갑니까?"

서울 아이들이란 아버지가 다른 동생들을 말한다.

"보름에도 왔고, 며칠 전에도 전화가 왔더라."

"걔네들은 나보다 젊고, 가까이 살고 있으니까. 더 자주 내왕해야지."

내 입에서 나온 말이다. 언젠가 어머니한테, 시간 나는 대로 동생들과 같이 시내 음식점에서 점심이나 먹는 자리를 만들어야겠다고 한 말이 있는데, 문득 그 생각이 떠올랐으나 모른 척 덮어 넘겼다. 사실 그 이야기도 내 딴에는 마음먹고 한 말인데, 실행까지에는 아무래도 힘이 썼다.

"그래 꽃을 보면서 무슨 생각을 해요?"

말은 그렇게 해도 나 역시 애틋한 정감으로 묻는 게 아니란 걸 내가 더 잘 알고 있었다. 문병 온 자식으로 제한된 시간을 붙들고 있기가 뭣해 시간 보내기 삼아, 그리고 주변에 눈들 때문에 그렇게 묻고 있을 뿐이었다.

"생각은 무슨, 그냥 거기 있고 고우니까 보는 거제."

세상에 이런 우문현답이 있을까. 하긴 어머니한테도 꽃을 보면 가슴이 울렁거리던 한창 시절이 있었을 테고 남다른 꿈도 가졌을 것이다. 아직 직접 밝힌 일은 없지만, 그때만 해도 시골 처녀로서 버스 안내원을 했다면 개명된 여자만은 분명했다는 게 숙부의 이야기다.

아버지가 차장으로 일 보는 여자를 찍어서 아내로 만들었다는데, 그리고 나를 잉태한 뒤 이러지도 저러지도 못해 서둘러 혼인을 해서 같이 살게 되었다는데, 다른 건 몰라도 그 사실 하나만으로도 그 시절에 그들은 세상을 남다르게 산 것만은 분명하리라 본다.

그리고 두 번째 남편 한 씨와 만나 4남매를 거느리고 살아온, 내가 전혀 모르는 또 다른 세상도 어머니 가슴속에는 어떤 모습으로든 살아 숨 쉬고 있을 것이다. 아마 지금은 그런 날들과 한 번씩 조우하면서 여가시간을 보내고 있으리라 짐작된다. 어느 한 자락을 꺼내 들여다보더라도, 이야기로는 좀처럼 그려내기가 힘든 기구한 운명의 인생 역정이 아니겠는가.

나는 아버지의 이야기를, 어머니를 통해 한 번 더 듣고 싶었지만 참고 있다. 내가 알고 있는 아버지는 해방 직후 좌익계열에서 활동을 했다는데, 그런 사람이 어떻게 그들과 싸운 6.25전몰용사 속에 들어가 있는지, 그게 지금도 계속 궁금하다. 거기에는 분명히 아버지만이 가진 무슨 곡절이 있을 것이다.

내가 처음 직장생활을 할 때 신원조회를 하면, 이해가 잘 안 되는 그런 꼬리표가 늘 붙어 다녔기 때문이다.

하지만 나는 더 이상 묻지 않았다. 더 알아봐야 나한테 도움이 될 것도 없지만, 혹 잘못 받아들여지면 멍울진 어머니 가슴에 새로운 상처를 만들지도 모르기 때문이다. 모르는 것도 경우에 따라서는 약이 될 수가 있다.

어머니에게도 짧은 아버지와의 생활이었지만 기억의 창고에 저장되어 있는 사연 가운데는 밝히기 어려운 것도 분명히 있을 것이다. 먼지를 켜켜이 덮어쓰고 있을 그 사연을 지금 들춰봐야 무슨 소용이 있겠는가.

"고만 가거라. 길도 멀고 한데, 너무 늦을라."

한 시간은 제대로 채웠는지 모르겠다. 어머니 입에서 나온 말이다. 어머니는 항상 나와의 작별인사는 그렇게 먼저 했다.

그동안 수도 없이 나들었지만, 그리고 더러는 너스레도, 어리광도 피웠지만 운명이 만든 세월의 간극은 좀처럼 좁혀지질 않는 듯했다. 우리 두 사람만이 알 수 있는 보이지 않는 담은 항상 그대로 놓여있었다. 입에 담기가 뭣해 그렇지 분명히 하고 싶은 이야기가 있을 터인데, 아마 그것은 죽음까지 그냥 가져가야 하는 건 아닌지 모르겠다.

"알았습니다. 갈게요. 뭐든지 많이 드시고, 다른 쓸데없는 걱정을랑 마시고 그래 편히 지내시문 됩니다."

나는 잡았던 어머니의 손을 놓고 돌아섰다. 당장 돌아가실 노인네는 아니라지만 돌아설 때마다 이번이 마지막이 되지 않을까 생각해 보는데, 그건 오늘도 마찬가지였다.

혹 어머니는 지금도, 아직 당신 입으로 꺼낸 일은 한 번도 없지만, 남매를 둔 가족이 있다면서 왜 그런 이야기는 일언반구도 없을까 해서 섭섭하게 생각하고 있을지 모른다. 그리고 어쩌면 핏줄이니까 보고 싶기도 하겠지만, 나는 끝내 감춘 채 지내고 있다. 그게 잘한 일인지, 어떤지는 나도 모르겠다.

"자주 안 와도 괜찮으니까 너무 신경 쓰지 마래이."

입원실 문을 닫으면서 어머니와 눈이 마주치자 손을 흔들어 뵈며 건네는 말이다.

갈 때는 중부고속도로로 길을 들었지만 내려올 때는 동해안 길을 택했다. 바다를 보면서 오노라면 답답한 마음이나 좀 시원하지 않을까 해서다.

톨스토이의 장편 소설 『안나 카레리나』의 첫머리에 나오는 문장을 인용해서, 어머니 이야기의 마지막을 이렇게 풀어본다.

"행복은 모든 사람에게 똑같은 모습으로 찾아오지만 불행은 저마다 다른 모습으로 찾아온다"고 책은 술회해 놓았지만, 나는 그것을 내 경험으로 다시 만들어, 세상 사람들은 모두가 똑같이 어머니 배 속에서 응아, 하고 울음으로 태어나지만 떠날 때는 모두가 저마다의 다른 길을 택해 떠난다.

2
세월아,
네가 먼저 가거라

"인생은 B와 D 사이에 있는 C다." 실존주의 철학자 겸 소설가인 사르트르가 한 말이라고 한다. 여기에서 B는 'Birth(탄생)'를 의미하고 D는 'Death(죽음)'를 의미하며 C는 그 사이에서 벌어지는 'Choice(선택)'를 의미한다고 한다. 우리의 생활은 하나에서 열까지 모두가 선택의 연속이다. 5시에 일어날까, 6시에 일어날까, 일어나서는 세수를 먼저 할까, 산책부터 다녀올까 등등이 모두 선택이다. 우리는 하루에도 수백 번씩 선택으로 살고 있다. 그 선택은 어떤 것이든 고심의 산물이고, 그 가운데서 최선의 방법에서 나온 것으로 본다. 물론 그 가운데는 하나의 습관으로 굳어버린 것도 있을 것이다. 지금, 오늘 내가 살고 있는 이 행위의 선택은 잘한 것일까, 잘못된 것일까.

아내를
먼저 보내고

2006년 4월 7일.

아내가 세상을 떠났다. 30여 년을 나와 함께 살아온 아내가 저 세상으로 가버렸다. 손가락을 꼽아보니 정확하게 31년 7개월 24일을 같이 살았다. 꿈같은 세월, 파란만장한 세월이었다. 아내의 지병이 심상치 않다는 걸 알았을 때, 이런 날이 불원간 나한테 찾아오리란 걸 이미 예측은 했었지만 그날이 너무 일찍 찾아온 것이다.

우리가 결혼식을 할 때 주례는 우리 두 사람을 앞에 세워놓고 사회자가 일러주는 순서에 따라 맞절을 시키면서 이런 말을 했다.

"지금부터 이 주례가 하는 얘기를 잘 들으세요. 옛날에는 부부 간에 세배도 했다고 하는데, 요즘 우리 문화로는 부부간에 절을 잘 하질 않습니다. 그러니까 오늘 이 맞절은 두 사람이 살아생전에 하는 절로는 처음이며 마지막으로 하는 절이 됩니다. 그만큼 서로가,

아내와 첫 만남

나는 당신한테 정성과 예절을 지켜 사랑하고 존경하겠다는 뜻을 담아 해달라는 거지요. 무슨 뜻인지 잘 알겠지요. 자, 신랑신부 경례."

그렇게 절을 시켜놓고 나서도 주례는 고개를 더 숙이라고, 일생일대에 한 번 하는 절을 이런 식으로 해서 되냐며, 더, 더, 더 숙이세요. 주문을 해서, 예식장을 웃음바다로 만들어 놓은 일이 있었다. 오늘 식순에 따라 빈소에 놓여있는 아내 사진에 절을 하려고 드니 문득 그 생각이 떠오른다.

그 밖에도 주례는 아옹다옹 살더라도 같이 늙어서, 같은 날 한 무덤 속에 들어가는 이른바 해로동혈偕老同穴을 주문했었다. 그러나 어디 그게 쉬운 일인가. 보통 죽음이 갈라놓지 않는 한 같이 사는 것을 해로동혈이라고 하지만, 하늘이 우리를 질투한 것일까, 그 갈라놓음이 우리한테는 너무 일찍 찾아온 것 같아 가슴이 무너진다.

아내를 데리고 간 병마는 심장병이다. 심장병으로 인하여 복합적인 병들이 달라붙었다. 갑작스럽게 식사가 줄고 수면장애에다 우울증으로 시달렸다. 혼자서 도저히 간호하기가 어려워 미국에 있는 처형을 불렀다. 처형과 내가 합심으로 간호했지만 건강상태는 하루가 다르게 나빠져 갔다. 아내는 도저히 오래 갈 수가 없다고 판단했던지 주변을 정리하기 시작했다. 나보고 딸은 좋은 데 인연을 맺어주고, 아들을 잘 살도록 도와주라는 말을 남기기도 했다.

마음이 불편해서 그렇겠지 생각하고 어린 시절 살던 고향으로 여행도 함께 하면서 마음을 편하게 해 주려고 온갖 노력을 다 쏟았지만 갑작스럽게 수명을 다하고 말았다.

살면서 이런 일을 황당하다고 하는가. 하루아침에 가정은 풍비박산이 났다. 슬하에 둔 자식 남매가 성인 다 되었으니 그들 중 누구 하나라도 짝을 짓는 것을 보고 떠났으면 바랐는데, 그리고 나도 아내도 그것만은 실천 가능하다고 보았고, 큰 욕심도 아니라고 생각했는데 끝내 하늘은 그것마저도 들어주질 않고 데려간 것이다.

아내가 세상을 떠나자 눈앞이 캄캄했다. 모래알 같은 사람들 가운데 그런 불행이 하필이면 나에게만 찾아오는 것 같아 그만 세상 사는 게 귀찮고 싫었다. 세상 이치로 보면 누구한테나 다 찾아오는 일이고, 다만 나한테 조금 일찍 찾아왔다는 것뿐인데, 그런데 그 순간만은 나에게만 내리는 형벌만 같아 하늘이 무너지는 것 같고 세상을 다 잃은 느낌이었다. 더군다나 이제는 남한테 싫은 소리 안 하고 살아도 되겠구나 하는 형편을 겨우 이룬 끝이라 더 가슴이 아팠다. 그동안 우리 두 사람이 콩나물 한 봉지 사는데도 절약하면서 살아온 아내의 지혜로운 날들이 주마등처럼 눈앞에 선했다.

정신분석학자 프로이트는 사람이 자살의 충동을 느낄 때가 있다면서, 아이한테는 부모가 세상을 떠났을 때고, 성인이 된 후에는 배우자가 떠났을 때라고 했는데, 정말 그런 마음이 들 만큼 마음이 황폐해지고 머리가 쑤셨다.

거기에다가 어렸을 때 어머니 없이 고생한 삶이 너무 지독했기 때문에, 만약에 조물주가 세상 사람들한테 공평하게 베푼다면, 두 번째 여자와의 만남인 아내와의 인연만은 모른 척 내버려둘 게 아니냐는 원망까지 들었다. 왜 나에게만 그런 시련이 부닥친 것일까, 아닌 게 아니라 별의별 생각이 다 들었다.

요즘 〈아모르 파티〉가 유행이다. 사실 그 유행가는 내용으로 봐 그렇게 신나게 떠벌릴 가락은 천만에 아니다. 주어진 운명을 탓해봐야 별 뾰족한 수가 없으니 돼가는 대로, 운명애運命愛로 받아들이자는 것 같은데, 그런 시각으로 본다면 세상에 슬플 게 뭐가 있고, 안타까울 게 뭐가 있겠는가. 하지만 누구한테든 운명으로 찾아오는 데야 어쩔 방법이 없다.

아내를 고향 뒷산에 묻었다. 그곳은 해마다 봄이 찾아오면 아내와 같이 나물을 뜯으러 나들던 곳이다. 그뿐만이 아니다. 산 밑에는 옛날에 우리가 살았던 집터가 있다. 나중에 우리가 늙거든 그곳에 들어와 조그만 별장을 하나 지어놓고 유행가 〈초가삼간〉에 나오는 가사처럼 "호롱불 켜놓고 님의 옷을 빨아 널며 오순도순 살아가자”는 그런 즐거움으로 노후생활을 보내자는 약속을 하면서 오르내렸던 곳이다.

그런 아내를 그곳에다 묻어놓고 돌아서려니, 자꾸만 뒤에서 붙잡는 것 같아 발걸음이 떨어지질 않는다. 삼우제를 지낼 때까지만 해도 장례를 치르느라 이런저런 일들에 싸잡혀, 홍수에 떠내려가는 사람처럼 아무것도 몰랐는데, 아내의 혼백마저 청암사에다 얹어놓고 돌아서자 새삼스레 서러움이 북받친다.

청암사는 고향을 내왕할 때마다 아내와 한 번씩 들르곤 하는 절간이다. 영혼이 있는지 없는지 모르지만, 아내도 반가워하지 않을까 생각하면서 돌아서긴 했지만, 내 발걸음은 천 근의 무게다. 아내가 없는 텅 빈 방이 너무 크고 쓸쓸하다.

싱크대 앞에서도, 화장실에서도, “이봐요.” 하면 금세라도 얼굴을 내놓을 것만 같은 환상에 그냥 앉아있기가 불안하고 흔들린다.

잠자리에서도 몸부림만 치면 부딪칠 것 같은 착각으로 연방 한숨이 터진다. 그동안 아옹다옹하면서도 추스르며, 다독거리며 살아온 생활의 주름진 조각들이 망막에서 떠나질 않는다.

“당신 또 휴지를 안 갖다 놨네. 화장실 휴지는 마지막 쓰는 사람이 갖다 두기로 약속했잖아.”

“들어가는 사람도 한 번씩 확인하고 들어가라 카이.”

아무것도 아닌 일로 두 사람이 신경질까지 내가며 다투던 일이 눈에 선하다. 아무것도 아닌 일로 우리는 푸지게도 다투었고 아옹다옹했었다. 이제는 화장실에 휴지를 갖다놓든 말든 누가 그런 일로 나에게 잔소리를 퍼부을 것인가.

어디 그것뿐인가. 아내의 잔소리는 무슨 일에든 약방의 감초처럼 따라다니며 나를 괴롭히고 짜증을 나게 만들었는데, 그때마다 티격태격 언성을 높인 일도 한두 번이 아니었는데, 과연 그만큼 내 생활이 편안하다고 기뻐해야 할 것인가. 이제 나에게는 잔소리할 사람이 세상 어디에도 없다.

아내랑 같이 있을 때 나는 가끔 이 방을 나 혼자 썼으면 좋겠다는 생각을 해본 일이 있었다. 그러면 처신도 자유롭고 내 마음대로 뒹굴어도 누구도 참견할 사람이 없으니 이런 천국은 없을 거라고 생각하면서.

이제는 누구의 간섭도 없는 자유천지를 맞았다. 그런데 왜 이렇게 서글프고 적막할까.

아내의 잔소리도, 혼자 넓은 방을 쓰겠다는 생각도 결국은 호강을 누려보겠다는 내 옹졸한 생각인데, 그 호강 속에서도 오히려 호강을 그리워하고 있는 이 심보는 또 무엇일까. 행복에 묻혀 살 때는 행복을 못 느끼는 것과 무엇이 다르랴.

동서고금을 통해 많은 논자들이 이러쿵저러쿵 저마다 행복에 대해서 한 말씀씩 늘어놓았지만 누구나 수긍이 가는 표현이 잘 없다. 그것은 가치의 척도를 어디에 두느냐에 따라 다르기 때문이라고 본다.

희랍신화에 이런 이야기가 나온다. 행복이와 불행이는 한 형제

였는데 행복이는 연약하면서 착하고 불행이는 힘이 세면서 심술이 많아 늘 행복이를 괴롭혀 왔다. 아버지가 늙어 생각하니 내가 죽으면 불행이가 행복이를 그냥 두지 않을 것 같은 생각이 들어 행복이를 모든 사람들의 마음속에 숨겨두고 죽었다. 그래서 인간은 자기 몸속에 숨어있는 행복이는 만나기 어렵고, 불행이만 자주 만나게 된다고 한다. 아마 추구하기가 힘든 행복에 대한 결론을 먼저 내려 놓고 거기에 맞춰 만들어낸 우화이리라.

봄을 찾아 하루 종일 산을 헤매다 결국은 찾지 못하고 돌아와 자기 집 매화나무 가지에 핀 꽃에서 봄을 찾았다는 이야기처럼 진정한 행복은 밖에 있는 것이 아니라 안에 있고, 먼 데 있는 것이 아니라 가까이 있다고 한다.

달동네에서 웃음이 많이 나온다는 말이 있다. 이는 행복을 현실 속에서 찾으려고 하기 때문이다. 말하자면 자기 위치에서 찾는 행복이 참다운 행복이라고 본다. 아이들한테도 부모가 옆에 있어야만 정상적인 생활을 할 수 있는 나이가 있는가 하면, 성인들한테도 잃어버린 반쪽이 필요할 나이가 있다. 지금 같으면 모르지만 당시에는 아직 나한테 아내가 옆에 있어야 할 나이였다. 아내가 옆에 있어야만 나도 사람 행세를 제대로 할 수가 있고 자식들도 사람노릇을 할 수가 있었다.

결혼이라는 문화가 우리한테 없다면 모르지만 결혼제도가 있는 이상, 그리고 많은 사람들이 그것을 인생역정의 한 과정으로 만들어 둔 이상, 그것을 외면하고는 살 수가 없다.

현실적으로 내가 세상을 헤쳐 나가는 것도 그렇지만, 세상 사람들이 나를 보는 눈도 그런 틀 안에서 보기 때문에 얼마든지 서글프게 보일 수가 있을 것이다. 우리가 곧잘 말하는 결손 가정이란 게 이런 것을 두고 하는 말이 아닐까.

부부 모임, 명절 보내는 일 등에 있어서 아내의 역할은 나를 슬프게 하는 것 가운데 하나다. 하지만 어쩌랴, 내가 짊어진 짐이거니 하고 개척해 나가는 수밖에. 우리가 '세월이 약'이라는 말과, '시간이 해결해 준다'는 말을 곧잘 하는데, 살아보니까 이것만큼 고마운 게 없다. 어느 틈에, 나도 모르는 사이에 망각이라는 정신 상태가 나를 살랑살랑 흔들고 있는 게 아닌가.

때로는 당당하게 고독한 삶을 낙으로 대자유를 누리며 살아갈 수 있다면 좋으련만 인간은 혼자는 외롭다.

"차를 마실 때 대여섯이 마시면 저속低俗하고, 3~4명이 마시면 유쾌愉快하고, 둘이 마시면 한적閑寂하고, 혼자 마시면 이속離俗이다."란 말이 있다. 이속의 경지에 갈 수만 있다면 대자유를 누리며 사는 삶도 괜찮다는 생각이 든다. 여기에 대자유가 있지 않은가. 혼자만의 여정, 허전한 감정이 없지 않지만 '대자유', 나만이 누리는 특권이다. 어떤 환경에도 구속되지 않은 자유의 몸, 언제나 떠날 준비가 되어있는 자유인, 멋지지 않은가?

하루 이틀, 한 달 두 달, 이렇게 시간이 흘러 일 년쯤 지나자 새로운 방향으로 눈이 떠지기 시작한다.

그렇다고 아내가 내게서 완전히 떠난 건 아니지만 아내가 없더라도 없는 그 공백을 스스로 메우는 새로운 생활 패턴이 나를 지배하기 시작했다. 그렇게밖에 할 수 없는 현실을 외면할 수가 없으며, 앞으로는 그렇게 살아야 한다는 것을 세상은 나한테 가르치고 있으며, 이미 나 또한 그쪽으로 발을 들여놓고 있음에랴.

하긴 아내가 세상을 떠난 그 순간의 마음이 그대로 살아있다면야 하루도 생활하기가 힘들 것이다. 이 없으면 잇몸으로 산다는 속담이 그런 걸 말해주는 건 아닌지 모르리라. "죽는 사람이 서럽지 사는 사람은 어떻게 살더라도 그냥저냥 살게 되느니라."는 말이 틀린 말이 아닌 듯싶다.

그러는 사이 원환, 원진 남매가 짝을 찾아 내 곁을 떠났다. 큰아이는 아내가 있을 때부터 혼사 이야기가 있었던 터라 이내 이루어졌으며, 둘째는 직장커플로 저네들끼리 연애를 해서 제 갈 길을 찾았다. 아내가 없으니까 아이들도 그 공백을 스스로 메워 개척해 나갔다.

아이들이 모두 떠나고 나니 내 몸은 훨씬 가벼워졌는가 하면, 한편으로는 다른 한쪽으로 새로운 무게가 나를 누른다. 몸이 가벼워졌다는 건 무거운 짐들을 벗어놓아 생활하기가 편리하다는 것도 있지만, 반면에 앞으로 어떻게 살아야 여생을 현명하게 보낼 것인가 하는 후반기 인생에 대한 무거운 중압감이 그것이다.

미망迷妄의
세월 속에서

하루는 R 씨가 나를 좀 보자고 하더니만 이런 이야기를 전해준다. 그는 고향 고등학교 선배이기도 하지만 오랜 기간 직장생활을 함께했고 그 뒤로도 자주 어울려 형제나 친구처럼 지내기 때문에 누구보다도 내 사정을 잘 아는 이다.

"장례식 날 당신 처형이 나한테 이런 말을 하더라. 이제 나이가 있는데, 어떤 여자를 만나더라도 호적에 올려가면서 만나는 건 좀 말려달라더라. 그냥 연애만 하라는 거지. 무슨 말인지 알겠제. 여하튼 나는 전했으니까 알아서 처신하라고. 괜히 나 욕 얻어먹게 하지 말고."

"알았어요. 그 이야기 그전에도 나한테 한 번 했잖아요."

처형은 현재 미국에 살고 있다. 그리고 그 처형이 R에게 그런 이야기를 했다는 것도 처형의 입을 통해서도 이미 한 번 들었고,

장례식 때 산소에서 했다는 것도 알고 있다. 물론 그런 당부가 없더라도 인생을 살 만큼 산 사람인데, 왜 그런 말을 하는지 모르겠는가.

아내가 세상을 떠나고 일 년쯤 지나자 친구들이 중신아비로 자처하며 나서기도 했으며, 심지어 어떤 여자들은 직접 대시를 해오기도 했다. 아내가 옆에 있을 때 내가 알았던 세상과는 다른 요지경 같은 세상이 널브러져 있는 것도 알 수 있었다. 좋게는 재미있는 세상이기도 하지만 한 발 물러서서 보면 엄청 위험한 수렁도 거기에 있다고 봐야 한다.

요즘 TV 채널을 여기저기 헤매다 보면, 토크쇼 같은 데에서 공공연하게 들어내서는 안 될 내용이 화두에 올라, 이리저리 펄쩍펄쩍 뛰어다닌다. 결혼제도에 대한 왈가왈부曰可曰否의 논조가 그것이다.

식은 죽 먹기보다 쉽게 돌아다니는 말이 이혼이다. 요즘 세상에 그걸 흉으로 생각하는 사람은 많이 없는 것 같다. 따라서 거기에 매달려 울고불고하는 사람도 없다. 오히려 그런 것을 하나의 기회로, 또는 하나의 새 출발로 이용하려는 사람도 많다.

어떤 토론에서는 지금까지 일부일처제로 못박아놓은 결혼제도를 이제 신중하게 재검토해 볼 시점이 왔다는 주장도 나온다. 백세 시대를 살아야 하는 우리한테, 1:1로 평생을 묶어놓는다는 건 질곡桎梏과 다를 바 없다는 게 그런 사람들의 시각이다.

"우리 이제 솔직하게 얘기하자. 혼자 사는 거, 요즘 신 오복에는 그런 게 들어가 있는 갑더라. 물론 여자들도 같은 생각들이겠지. 도대체 졸혼이라는 게 뭐꼬 말이다. 호강에 빠져서 요새는 못하는 소리가 없더라고. 멀쩡한 지 남편, 지 계집을 두고 졸혼이라며 혼자 사는 사람이 수두룩하다면서. 참 미치고 환장할 노릇 아이라."

속에 술만 한잔 들어갔다 하면 등장하는 게 이런 투의 이야기들이다. 다양화, 다문화시대에 어울리지도 않을뿐더러, 하나둘이 조심스럽게 하는 이야기가 아니고, 한두 번 들은 이야기도 아니다.

오래전부터 '결혼은 미친 짓'이라고 떠벌리는 사람들이 더러 있기는 있었다. 그런 사람들 눈엔 정상적인 부부는 모두 미친 사람들로 보일 게 아닌가. 어떻게 살든 자기 혼자만 결혼 안 하고 살면 될 텐데, 왜 웅덩이에다 돌을 던져 세상을 시끄럽게 만드는지 모르겠다.

이젠 자기네들이 원하는 제반 여건이 성숙되었다는 것일까, 그런 이야기가 대수롭잖게 주변 눈치 안 보고 돌아다녀도 누구 하나 눈 흘기는 사람이 없다. 심지어는 부부가 마주 앉아서도 서먹하지 않게 그런 이야기를 던지고 받는다. 참 별꼴이다. 아니 그들을 별꼴로 보는 내가 별꼴은 아닌지 모르리라. 이게 무엇을 의미하는 걸까. 도대체가 졸혼이란 게 뭐냔 말이다. 단어를 그대로 풀면 결혼생활을 졸업했다는 이야기다. 무슨 과정이든 졸업을 하면 다음 과정으로 들어가야 하는데, 그다음 과정은 과연 무엇일까.

그런 말을 하는 사람들의 마음은 이미 콩밭에 가 있다고 봐야 할 것이다. 별거라는 말을 너무 많이 써먹어 식상하다는 뜻은 아닌지 모르겠다.

졸혼이란 말을 쓰면 남들이 좀 우아하고 고상하게 봐줄 것이라 생각한다면 세상에 그런 착각도 없다. 뒷간이나 화장실이나 다 뒷일 처리하는 곳이다. 호적을 살려놓고 딴짓하는 마당에 우아하면 얼마나 우아하며, 고상하면 얼마나 고상할 것인가. 참, 웃기는 이야기다.

우리나라는 일부일처제의 혼인 제도를 채택하고 있다. 그뿐만 아니라 두 사람이 의기투합만 되면 헤어져서 새로 원하는 사람과 살 수가 있다. 또 싫으면 헤어질 수도 있고, 다른 사람을 만나 살 수도 얼마든지 있다. 호적에 일부일처만 만들어놓으면 제도상 흠결은 없다.

서로가 보기 싫고 귀찮으면 합법적으로, 이혼으로 갈라서면 그만이다. 그런데 결혼은 미친 짓이라니, 거기에다가 또 졸혼까지 끌고 들어와 이러쿵저러쿵하고 있으니, 도대체 뭐가 뭔지 모르겠다.

우리 세대는, 아니 오늘을 사는 모든 부부는 양가부모 승인하에, 그리고 중인환시衆人環視 속에 "우리는 이렇게 결혼을 합니다."라고 공포를 하고 가정을 꾸린다. 주례가 공중을 서서 "검은 머리가 파뿌리가 될 때까지 초심 변하지 말고 해로동혈偕老同穴하라."며 주문도 하고, 우리는 막 입소한 초년병들처럼 씩씩하게 "예!" 해서 오늘에 이른 것이다. 하긴 이야기가 평균 그렇다는 것이지, 그 가운데는 신혼여행 비행기에서 내리자마자 우향우, 좌향좌로 찢어진 사람도 없는 건 아니다.

언제부터인가 그만 이런 말들이 솔깃해지기 시작한 것이다. 자화자찬 같은 말이지만, 사람을 만물의 영장이라고 하는 데에는 분명히 결혼제도도 하나 들어있을 것이다. 그런데 그게 어쩌다가 미친 짓이 되었는지 궁금하다. 평균수명이 50이니, 60이니 할 때는 조용하더니만, 자꾸 늘여 100으로 올려놓고 떠들어대니까, 남의 도시락 콩이 굵게 보여 그런 작당을 피우는 건 아닌지 모르겠다.

세상에 어느 부부치고, 이혼 한 번 안 생각해 보고 산 부부가 있겠는가. 남 볼 것 뭐가 있는가. 지금은 혼자 몸이지만 한때 나도 해 본 사람이다. 하지만 그냥 그렇게 사는 것이 인생살이다. 발버둥을 쳐봐야 거기서 거기일 뿐 뾰족한 수가 없기에 만 것이지만, 모시 고르려다가 자칫하면 삼베 고르는 일이 그놈의 일이다.

노라가 인형의 집을 나왔지만, 그 뒷이야기가 아직 들리질 않는 걸 보면 그것으로 다 끝난 것 아니겠는가. 그렇다면 처음부터 잘못 튀어나올 수도 얼마든지 있을 것이다.

아직까지 현 결혼제도 그 자체를 테마로 삼아 이러쿵저러쿵 토론한 일은 한 번도 구경 못 했다. 그런데 왜 그런 이야기들이 자꾸만 떠돌아다닐까. "너 없이는 못 산다."던 사람들이 "너 때문에 못 살겠다."로 변해버렸다면 이미 상황은 기울어진 것이 아닐까. 방귀 자주 하면 똥 싸게 돼 있는 게 생리다.

1가구 세대가 이윽고 2가구 세대를 넘어서고 있다며 신문이 요란하다. 그래서 그런지 생활환경 또한 혼자 사는 데에 아무런 불편이 없도록 뒷받침을 하고 있다. 먹는 것, 입는 것, 사는 것이 모두 그들 입맛에 맞도록 나와 있는 것도 다 세상을 그렇게 만든 것 아니겠는가. 한 집에 한 사람씩 살고 있으니 자꾸 지어도 집이 모자랄 수밖에.

애완동물을 키우는 사람들이 의외로 많은데 이것 또한 수상쩍다. 누구 입에서 나왔는지 모르지만 애완동물을 반려동물이라고들 그러는데, 그들은 반려伴侶의 뜻이 어떤 건지 제대로 알기나 하고 써먹는지 모르겠다.

아직 우리같이 둔한 사람들은 졸혼이 뭔지도 모르지만, 어렴풋한 지식으로는 이혼보다도 더 난감하고 실성한 게 그것 아닌가 생각해 본다. 호적은 그대로 걸쳐두고 각자 제 팔 제가 흔들며 살겠다니, 도대체 이게 무슨 경우인가. 동거를 하면서 혼인신고를 안 하는 것과, 혼인신고만 해놓고 각각 다른 곳에서 살고 있다면 이를 어떻게 봐야 할까. 아닌 게 아니라 꼼수 치고는 그런 야비함이 없는 것 같다. 바로 그게 진짜 가정파탄이다. 물론 나 혼자 생각이라고 칸막이는 하나 가려놓지만.

사르트르의 계약결혼 이야기가 오늘따라 너무 아름답게 떠오른다. 사르트르와 그의 동거녀 보부아르는 20대 초반에 만났다. 그들은 2년 계약을 하고 동거에 들어갔으나 종신까지 50여 년을 같이 살았다. 살아보니 서로가 없어서는 안 될 동반자라는 걸 스스로 알게 된 것이다. 그러나 보부아르도 뒷날 그의 회고록에서, 우리가 진작부터 결혼생활로 들어갔으면 아마 중간에서 파탄을 만나지 않왔을까, 회고하고 있다.

프랑스에서 계약동거를 법적으로 인정했을 때, 서로가 순결의 의무가 없다는 점을 장점으로 내세웠다고 한다. 그렇다면 졸혼은 어떤 장점이 있다고 난리들인가. 러시아 속담에 "싸움터(전쟁)에 나갈 때는 한 번 기도를 하고, 바다(고기잡이)에 나갈 때는 두 번 기도를 하며, 예식장(결혼)에 갈 때에는 세 번 기도 한다."는 말이 있다. 결혼이라는 건 누구나 다 때가 되면 하는 것이라곤 하지만 그만큼 신중할 필요가 있다는 이야기일 것이다.

그동안 아내가 떠나고 난 뒤의 내 생활은 대부분 즉흥적이었다. 밤중에라도 친구들이 불러내면 나가고, 때에 따라서는 이틀이고 사흘이고 방구석에 처박혀 구입만 했지 진척도 나가지 않는 책장만 뒤적거리는가 하면, 아무것도 아닌 생각에 싸잡혀 TV를 켜놓은 채 종일 방바닥이 꺼지는 한숨으로 보낸 일도 있었다.

그뿐만 아니다. 골프채를 들고 동남아 어느 오지를 찾기도 했고, 혼자 명상을 한답시고 다리에 쥐가 나도록 책상다리로 버티기도 했다. 팔공산 서양문학을 공부하는 파이데이아에 신득열 교수를 찾아가서 서양문학 공부를 한답시고 제법 열심히 파고들기도 했으며, 친구들과 어울려 민박으로 제주도 올레길을 돌아다니기도 했고, 템플 스테이로 몇 날 며칠을 한 스님 밑에서 죽비소리를 들어가며 면벽생활도 해보았다.

내가 여행에다 본격적으로 고개를 돌린 것이 그쯤에서다. 사실 여행은 내 생에 많은 부분을 차지하고 있었고, 진행 중이었으나 실천에 옮기지 못한 여행지를 기회로 잡은 것이다.

여행은 새로운 세상을 찾아 나서는 배움이며, 새로운 인간관계를 형성하는 낯선 삶의 현장이다. 그리고 어디를 가든 나한테는 모두가 신기한 곳이고 설레는 마음을 제공하는 곳이라 모두가 지식이고 깨우침이다. 다만 곳에 따라 이런 곳에는 가족들과 같이 왔으면 참 좋으련만 싶은 곳이 더러 있었으나, 그렇게 할 수 없었던 게 안타까움으로 남는다.

여기저기 생각나는 대로, 틈나는 대로 쏘다니다가 보니 일정이 맞지를 않아 남미나 아프리카 쪽은 하루 만에 한 나라를 지나쳐 오기도 했으며, 또 중국 북경이나, 필리핀 한인사회, 미얀마의 담마마마까 선원 같은 곳에서는 한 달 이상 머무르면서 그쪽 사람들과 어울려 지냈다.

남미를 돌아보며 "나는 누워서 죽지 않는다."란 좌우명을 남기며, 죽는 날까지 열정적인 삶을 살아간 헤밍웨이의 삶을 돌아보면서 죽음에 대한 두려움이 없어졌다. 아프리카에서는 '돈이 인생을 좌우하는 것이 아니라 어떻게 사느냐가 중요하다.'는 작은 진리를 깨달았고, 인도에서는 다양한 삶의 형태를 보면서 삶의 여유를 갖게 되었다.

김우중 씨는 『세상은 넓고 할 일은 많다』는 책을 하나 남겼는데, 나는 감히 이런 말을 하나 남기고 싶다. "형편이 닿지 않아 이번 생애에 못 가본 곳은 다음 생애에 계속해서 또 다녀와야지."라고.

3

또 하나의 나를 찾아
떠난 여행

- 70개국 만보기 漫步記

불교 용어에 운수납자雲水衲子라는 말이 있다. 고향 청암사에 있는 스님으로부터 들은 말이다. 스님들이 입은 옷 그대로 구름 따라, 물 따라 떠돌아다니며 바랑을 매고 공양을 하며 포교생활 하는 걸 그렇게 부른다고 한다. 나는 퇴직한 뒤에 운수납자로 제2의 삶의 구상을 위한 목적으로 세계를 두루 돌아다녔다. 견문을 넓힌다는 욕심보다는 훗날 손자 손녀들과 나눌 나름대로 이야깃거리를 장만하기 위해서였다. 그런데, 서둘러 돌아다녀 그럴까, 아니면 영혼 없이 헤매어서 그럴까. 막상 정리를 위해 붓을 드니 이것이다 하고 딱히 내세울 게 없다. 그야말로 운수납자로 돌아온 셈이다. 콩나물 시루에 준 물이 그대로 빠지더라도 콩나물은 자라듯이 바람과 물처럼 들러온 여행이지만 친지와 손자한테 들려줄 이야기야 어디 숨어있어도 있겠지 하는 마음으로 이 글을 쓴다.

선진국
문화 탐방

떡잎부터 키우는 신사의 나라

연말이 가까워지자 연가를 안 낸다고 윗분들이 안달이었다. 연가를 안 내야 두둑한 수당으로 한 해 마무리가 푸근하다. 눈 질끈 감고 버티는 직원과 윗분 사이에 낀 중간 간부는 처신이 곤란하다. 목표량 달성을 위해 내가 희생하는 게 아름다운 모습이라 여겨 연가를 몽땅 냈다. 그리고 선진국의 현실을 내 눈으로 확인하기 위해 2001년 3월 1일 서유럽으로 떠났다.

밤새도록 비행기를 타고 런던에 내렸는데, 또 밤이다. 우리가 찾아간 시간에 맞추어 호텔 로비에서 흑맥주 홍보를 하고 있었다. 독일의 맥주를 능가하도록 만들어 보라는 황실의 요구로 만들어진 영국 흑맥주는 산후 회복과 피로 회복에 특효라고 했다. 250년의 역사를 가진 흑맥주는 석잔 이상 마셔야 그 맛을 안다고 해서 목도 컬컬한 차에 연거푸 석잔을 마셨다. 알딸딸한 취기로 정신은 몽롱해지는데 지친 피로가 일시에 풀린다.

이튿날 세계지도자 자녀들이 다니는 고등학교를 방문했다. 이곳에 입학하면 제일 먼저 골프를 가르쳐 준다. 그 이유가 골프는 자신이 타수를 속일 수도 있고, 모든 게임을 자기 스스로 판단하기 때문에 자신을 스스로 컨트롤 해보라는 신사도를 기른다는 점에 공감이 갔다. 그다음에는 조정을 가르친단다.

조정은 혼자서 아무리 잘해도 안 되니 힘을 합쳐야 한다는 협동심을 스스로 깨닫게 해주는 것이란다. 생각이 깊고 먼 훗날을 내다보는 교육철학에 옷깃이 여며진다. 높고 긴 안목으로 떡잎부터 키우는 발상이 우리나라와 달라도 너무 달랐다.

템즈 강변에 거대한 시계탑 Big Ben과 국회의사당의 웅장함과 섬세함이 파란 하늘과 잘 어우러져 있다.

국회의사당을 거쳐 세계적인 대영박물관에 갔다. 세계의 소중한 유물들을 가지고 올 때 무게 때문에 분해하다가 생겼다는 흠집이 옥에 티였다. 그러나 미래의 후손들에게 문제 발생을 사전에 차단하기 위해 싼 값이지만 거래형식을 완벽하게 갖추었다고 했다. 먼 앞날까지 내다본 영국인들의 두뇌회전에 박수를 보낼지, 약육강식의 못된 짓에 침을 뱉을지 나도 헷갈렸다.

다음 날 세계에서 가장 작은 도시 속의 나라 바티칸 시티로 갔다. 인구 천 명이 세계 8억의 인구를 다스리는 나라다. 베드로 성당

영국의 상징 Big Ben과 국회의사당

아름다운 베네치아 풍경

은 미켈란젤로를 비롯한 대표적인 건축가들에 의해 지어졌으며,
로마가 그리스도교를 탄압할 때 하느님의 말씀을 전파하다 순교한
성 베드로 무덤이 있다. 그 무덤 앞에 무릎 꿇고 기도하는 세계인
들을 보며 죽었어도 영생을 사는 베드로를 경배했다.

　다음 날은 118개 섬과 400개의 다리로 연결된 수중도시 베네치
아로 갔다. 해마다 홍수가 나서 이곳을 누가 해결할 사람이 없느냐
하고 나라에서 걱정을 하고 있을 때, 레오나르도 다빈치가 식물이
뿌리에서 영양을 섭취하는 방식과 심장에서 피를 공급하는 방식을
응용하여 인류 최초로 댐을 설계, 안전지대로 만들었다고 한다.

　산마르코광장에 있는 야외 다방에 들렀다. 괴테 등 유명인사들

스위스 자연환경에 빠져들다

이 자주 들른 다방이라고 해서 커피 한 잔을 시켰는데 내가 유명인
사가 된 기분이었다.

문화 차이는 생각의 차이

스위스에서는 자연을 사랑하기 때문에 절대로 물가에 집을 짓
지 않는다고 한다. 전철을 탔는데 젊은 사람이 깍듯하게 자리를 양
보했다. 노인이 지하철을 타면 젊은이들이 미간을 찡그리며 눈을
감거나, 핸드폰에 빠져 모른 척하는 우리 현실과 너무나 대조적이

었다. 그것은 바로 개념 차이에서 비롯된 것 같다.

스위스에서는 퇴직 후 연금의 20~30%를 젊은이들을 위한 강좌 프로그램이나, 기술전수를 위해 뒷바라지를 해 준다. 국회의원도 30%만 선출직이고 나머지는 명예직으로 적은 수당에 넘치는 일을 감당 못 해 부인까지 동원하여 나라의 일을 본다고 한다. 특권을 한껏 누리는 우리나라 국회의원들이 꼭 가봐야 할 나라인 것 같다.

선진국에서 배우다

독일하면 생각나는 게 우리나라 광부와 간호사다. 박정희 대통령이 서독에서 차관을 들여올 때 광부와 간호사가 보증을 서 주었다니 기특한 일이 아닌가. 그분들의 역할이 없었다면 오늘날 우리나라의 경제 발전도 없었을 것이다. 이분들의 힘이 한강의 기적을 만든 것은 누구도 부정하지 못하는 엄연한 사실이다.

독일의 쾰른 대성당은 세계 3대 성당으로 건축기간이 632년이 걸렸단다. 아무리 큰 건물도 1년 안에 뚝딱하는 우리나라 사람들에게 큰 메시지를 준다. 우리도 이젠 먹고살 만한데 후손에게 물려줄 명품 건물을 준비할 때가 아닐까?

프랑스 '루브르 박물관'은 장엄했고, 에펠탑에서 내려다본 시가지는 정겹다.

개선문에 들어서니 "일주일간만 행복했다."란 나폴레옹 생애가 떠올랐다. 코르시카 촌놈이 황제자리까지 올랐는데 왜 생애 일주일간만 행복했을까? 시각 청각 장애자인 헬렌 켈러가 사회운동가로 활동하면서 "내 생애는 참으로 아름다웠다."라고 한 말과는 대조적이었다.

부처님
흔적을 찾아서

갠지스 강에 종이배를 띄우고

불교 교리 공부 겸 부처님의 탄생에서 열반까지 삶의 현장을 가보고 싶었다. 마침 히말라야에서 새해 1월 1일 일출을 보는 상품이 있었다. 후진국이라 힘들어 혼자 떠나려는데 아내가 한 수 더 떠서 나보다 먼저 짐을 꾸렸다.

2002년 12월 15일 인도 뉴델리에 도착해 공항을 빠져나오자 집시들이 달라붙는데 지옥 끝까지도 따라올 기세였다. 호텔까지 가는 비포장 도로 주변의 판자촌이 한국전쟁 당시 우리나라를 보는 것 같았다. 호텔에 도착하자 종업원이 꽃을 달아주며 이마에 빨간색 물감을 정감 있게 칠해 준다. 이 나라에 온 것을 환영하며 축복을 받으라는 뜻이란다.

세상에서 가장 아름다운 무덤 타지마할

비폭력 저항운동을 이끈 마하트마 간디의 화장터를 둘러보는데 가는 곳마다 몰려드는 집시 떼, 소 떼로 짜증스러웠다. 우리는 아그라로 이동하여 무굴제국의 황제 샤자한이 사랑하는 왕비의 죽음을 애도하기 위해 22년에 걸쳐 건설한 타지마할을 관광했다.

세계 7대 불가사의의 하나로 일컬어지는 이 건물은 세계적인 건축가를 초빙해서 중국의 비치, 미안마의 루비, 다마스쿠스의 진주 등 각종 보석으로 화려하게 장식되어 있었다. 당시 무리한 노동 착취로 백성들을 괴롭혔지만 지금은 인도의 후손들을 먹여 살리는 관광수입원이 되었다.

타지마할 관광을 마치고 부처님의 초전법륜지인 녹야원과 부처님 연구를 위해 설립된 힌두대학을 둘러보았다. 중생 제도를 위해 왕자의 자리를 던지고 고행한 부처님 앞에 나도 모르게 옷깃이 모아졌다.

이튿날 새벽 배를 타고 갠지스 강 일출 시각에 맞추어 종이배에 촛불을 켜 멋진 인생 2막의 삶을 비는 소원을 강에 띄웠다. 물결에 뒤집히지 않고 눈에 보이지 않는 지점까지 잘 떠내려가면 소원이 이루어진단다. 조마조마한 마음으로 우리가 띄운 배가 눈에서 사라지기까지 기도하며 지켜보았다.

세계의 지붕에 서다

네팔로 들어가는 아그라 기차역에서 셀파인 가이드를 만났다. 셀파는 산악인의 짐 보조자인 줄 알았는데 알고 보니 티벳의 동쪽 사람이라는 뜻이란다. 부처님이 태어나서 최초 일곱 발자국을 걸었다는 룸비니에 도착하여 보리수나무로 만든 염주를 기념으로 구입했다. 네팔의 관광도시인 포카라로 이동하면서 히말라야 마나슬로와 안나푸르나봉의 환상적 일몰 광경을 상상 속에 내 노후의 멋진 삶과 연관시켜 보면서 카메라에 담았다.

아침 일찍 3,500m 조망대로 올라가 장엄한 히말라야 일출 광경을 보면서 새해 소망을 빌었다. 오후에는 마나슬로봉을 향해 2시간 정도 걸어 올라갔다. 네팔은 가난한 자가 낮은 지대에 살고 잘사는 사람일수록 높은 지역에 산단다. 높은 데서 내려다보니 내가 부자가 된 기분이다. 산은 오를수록 시야가 넓어지는데 8,000m 다 오르고 싶었다. 그렇지만 내 삶에서 히말라야 정상 도전을 시도해 본 것으로 만족해야만 했다.

다음 날 경비행기로 네팔의 수도 카트만두에 도착해 전생을 알고 있는 어린 여자를 신으로 모시는 곳을 찾았다. 불과 몇 초를 보기 위해 많은 사람들이 줄을 섰다. 여신도 좋지만 안에 갇혀 있는 여신은 답답하고 애처로운 모습이었다. 네팔 왕도 이 여신에게 기도를 올린다고 한다. 그렇다고 해서 행복하지만은 않은 것 같았다. 현재는 6세이나 초경이 있으면 집으로 돌아가고 또 새로운 여신이 탄생한단다. 일단 여신으로 선출된 아이들의 다음 생은 그리 순탄하지가 못하다는 이야기도 들려준다.

2002년 마지막 날 12월 31일 저녁 네팔 각 부족들이 모여 문화를 선보이는 행사가 있다고 한다. 그 행사에 건배사를 하는 시간이 있는데, 여행객 중 한국인이 제일 많고 그중에 우리 일행이 제일 많으니 누군가가 건배사를 해야 한단다. 아무래도 마이크가 우리 팀에 돌아올 것 같았다. 마이크가 나에게 돌아온다면 하고 건배사를 생각해 두었다. 저녁시간 예측은 빗나가지 않고 나에게 돌아왔다.

"잔을 다 드십시오. 지난 일들은 어제 갠지스강에 다 띄워 보냈습니다. 기억하고 싶지 않은 일들은 머릿속에서 다 지우고, 간직하고 싶은 아름다운 추억만 이 잔에 담습니다. 인도, 네팔의 좋은 추억과 그동안 함께한 우리들의 우정을 담습니다. 그리고 새해 새로운 소망을 담습니다. 우리 모두를 위하여 건배!" 준비된 건배사에 모두가 하나가 되었다.

저녁 침대에서 평소 칭찬에 인색한 아내가 한마디한다. 당신 오늘 멋졌다. 당신 다시 봐야겠어.

이번 여행에 부처님의 큰 뜻을 헤아리며, 지은 업보대로 사는데 아옹다옹 살지 말아야 되겠다는 다짐으로 한국행 비행기에 올랐다.

다시 찾은 인도

소문은 발이 달리지 않아도 널리 퍼져나가는 것 같다. 내가 국제문화대학에서 불교공부와 여행 강의를 하고 있다는 소문을 듣고 2012년 봄 신지여행사에서 연락이 왔다. 인도여행협회에서 불교 홍보를 위한 행사로 나라별로 20명씩 초청하는데 경비부담 없는 여행이라며 나를 추천해 주고 싶다고 했다. 다시 가 보고 싶던 차에 잘됐다고 생각했다.

갠지스강 불교행사

10년 만에 다시 찾는 뉴델리에서 불자들의 극진한 환영을 받았다. 호텔방에 3일간의 자유시간 동안 찰나를 바라보며 불교 서적을 뒤적거렸다. 함께한 수행자 대부분은 젊고 여행을 좋아해 정보 교환과 함께 법륜을 굴리며 부처님 곁으로 한 걸음 더 가까이 다가가는 계기가 되었다.

　　다음 날은 갠지스강 불교행사에 참여했다. 기도에 이어 불교음악과 각국의 유력한 불자들이 소개한 독특한 불교문화에 공감하며 새로운 깨달음을 얻었다.

　　부처님이 깨달았다는 보리수나무 밑에서 사는 의미는 무엇인가? 무엇을 위해 사는가? 나 자신을 얼마나 더 많이 다듬어야 부처님 그림자 옆에 다가설 수 있을까? 명상의 시간은 정말 의미 있었다.

　　저녁시간 부처님의 생애를 그린 무용극은 불교문화를 이해하는 데 많은 도움이 되었다.

주마간산走馬看山의
남미 여행기

마야족의 찬란한 흔적

2003년 3월 25일, 36년간 몸담았던 직장을 퇴직한 후 홀가분한 마음으로 파란 가을 하늘을 이고 남미 여행길에 올랐다. 인천공항 미팅에서 일행들을 처음 만났는데도 동행자란 설렘 때문인지 낯설지 않았다. 우린 하나였고 눈빛만으로도 마음이 통할 정도로 금방 친숙해졌다. 비행기를 탔다. 망망대해 푸른 파도가 지겨워 잠을 청했다.

"꿈이 있는 자에게는 거친 파도 너머 넓은 대륙이 보인다."

기내 아나운서 목소리가 선잠을 깨웠다. 우린 벌써 지구의 반대쪽 하늘에 떠 있었다. LA에서 하룻밤을 자고 영화의 도시 '할리우드' 관광에 나섰다. 영화산업의 현장에 들어서니 서부영화 속

스타들이 고개를 들었다. 낯익은 스타들의 사진을 보며 객기 넘치던 젊은 시절의 영화관을 떠올렸다. 한 편의 영화라도 감상하고 싶었지만 일정이 우릴 재촉했다.

다음 날 새벽 우리는 멕시코 '칸쿤'으로 날아갔다. 코발트빛 바닷물을 품은 캐리비안 해변이 왜 숱한 영화와 문학작품의 단골 배경이 되었는지 눈으로 확인했다.

칸쿤 마야족의 최대 성지인 '치첸이사'로 들어가니 기둥이 천 개라는 '전사의 신전'이 눈길을 끌었다. 그 옆 '쿠쿨칸' 피라미드는 세계 7대 불가사의 중 하나로 24m 높이에 45도의 각도로 규모가 웅장했다. 화려했던 마야족의 활동이 눈에 어렸다.

다음 날, 지구상의 몇 안 되는 사회주의 국가인 쿠바로 갔다. 이번 여행에서 내가 가장 보고 싶었던 '헤밍웨이' 박물관을 돌아보았다. '노인과 바다'가 왜 명작이 될 수밖에 없는지 배경이 말해주고 있었다. 영화촬영지 해안에서 푸른 바다를 봤다. 콜럼버스가 신대륙을 발견했을 때 지상에서 최고의 아름다운 땅이라고 한 말에 공감이 갔다.

나를 흥분시킨 이구아수폭포

다음 날 우리나라와 교역이 많은 나라로 이름이 낯설지 않은 칠레로 갔다. 꼬불꼬불한 안데스 산길을 돌아 해발 3,100m에 올랐

안데스 산맥 올라가는 길

다. 그곳에 있는 포르티요 스키장과 잉카호수가 자신의 아름다움
으로 지친 우리를 맞아주었다.

　대자연의 신비로움을 간직하고, 우리는 이구아수폭포를 보기
위해 아르헨티나로 이동했다. 이구아수강 쪽으로 한참 가다 보니
웅장한 소리와 공중을 덮은 뿌연 물안개가 말하지 않아도 이구아
수폭포임을 짐작하게 했다. 세계 최대 폭포인 이구아수폭포는
100m 이상의 낙차로 물이 떨어지면서 물보라와 햇빛이 어우러져
무지개를 빚어냈다.

　내리꽂히는 물기둥 소리와 무지개의 환상적인 어울림에 나도
모르게 흥분되고 있었다. 커다란 울림을 안고 탱고의 발상지 '보
카지구'로 갔다. 찬란한 불빛 조명을 받으며 낯선 여성들과 어설

탱고의 발상지 아르헨티나 보카지구
브리질 이구아수폭포

픈 탱고와 맥주로 새로운 추억 하나를 만들었다.

다음 날 세계 최대 댐인 파라과이 '이타이푸 댐'을 둘러보고 브라질 이구아수 공원으로 갔다. 아르헨티나에서 바라본 이구아수폭포는 웅장미가 넘쳤다면 브라질에서 바라본 모습은 아기자기했다. 비닐 옷을 입고 물세례를 받으며 배를 타고 폭포 아래까지 들어가니 신선의 세계였다.

다양한 바위의 형상에 걸린 무지개가 꿈결처럼 하늘거리고 초록 잎과 물빛에 투영된 빛의 다양한 색상이 물소리와 조화를 이룬 별천지였다. 이런 신선의 세상은 날씨의 도움 없이는 볼 수 없는데 우리는 행운이었다.

오후에 브라질의 수도 '리오'로 이동하였다. '코로코바도'의 예수상에서 내려다본 '리오'의 광경은 한 폭의 그림이었다. 파란 하늘을 이고, 푸른 산을 병풍 삼아 솜털 구름을 이불로 잠들고 싶은 충동을 느꼈다.

바닷가 하얀 모래사장을 배경으로 장난감같이 떠 있는 배들의 정겨운 모습에서 세계 3대 미항美港이란 이름이 그냥 붙여진 것이 아니었구나 하는 생각이 들었다. 3多(축구, 복권, 파티), 3無(전쟁, 자연재해, 인종차별)의 나라 브라질을 뒤로하고 페루로 이동했다.

티티카카 호수와 마추픽추

페루는 이번 여행의 마지막 나라로 내가 꼭 가보고 싶었던 나라다. 수도인 '리마'의 시가지는 먼지투성이로 우리나라 1960년대 모습을 연상시켰다. 서울에서 30시간 넘게 걸리는 이 머나먼 이국 땅에 우리 기업 ㈜SK가 깃발을 꽂고 유전 개발을 하고 있었다. 대한민국 국민임이 자랑스러웠다.

옆에 넓은 땅을 보고 가이드에게 땅 한 평에 얼마나 하느냐 물었더니 500원이란다. 지금 사면 바로 비자에 등기를 해 준단다. 평당 500원, 만 평에 5백만 원이다. 그때 사두었으면 어떻게 되었을까.

아침 일찍 비행기로 해발 3810m 고지대인 '푸노'로 향했다. 그곳에는 배가 다닐 수 있는 호수 중에는 지구상에서 가장 높은 위치에 있는 '티티카카' 호수가 있다.

갈대로 만든 떠있는 섬에는 잉카의 후예들이 옛 모습으로 살고 있다. 좁은 공간에서 욕심 없이 살아가는 '우루스' 족의 여유롭고 평화로운 모습이 바쁜 우리의 삶과 대조적이었다.

그날 우리 일행 17명 모두 고산증세로 제대로 몸도 가누지 못한 채 두통을 호소했다. 그런데 티베트에서 고산증세로 고생한 면역력 때문일까. 나만 정상이라 일행들에게 약을 먹이고 뒤치다꺼리로 홀로 바빴다. 덕분에 호수의 명소를 카메라에 담을 수 있었다.

티티카카 호수 위에 떠 있는 잉카의 후예 우루스족의 터전에서

　　다음 날은 이번 여행의 하이라이트 '마추픽추'로 가는 날이다. '우루밤바' 계곡, 기차를 타고 '빌카노타' 강을 건너 버스로 꼬불 꼬불 산길을 돌아올라 갔다. 창밖을 보니 천 길 낭떠러지가 온몸을 움츠러들게 했다. 그러나 버스에서 내려 첫발을 내딛는 순간 거대한 석조물이 한눈에 들어왔다. 해발 2,400m 하늘에 만들어진 '공중도시'는 잉카 문명을 고스란히 간직하고 있다.

　　비행기가 없던 시절 아래서는 보이지 않고 올라와야 보이는 천연 요새이다. 도시의 존재를 감지해도 울창한 숲과 가파른 절벽으로 접근조차 어려운 난공불락難攻不落의 요새다. 침략자의 살육과 약탈을 피해서 '쿠스코'를 빠져나온 잉카인들이 구름에 싸인 산속으로 숨어들었지만 끝내 스페인 군에 정복당한 슬픈 역사를 간직한 곳이다.

마추픽추에 올라와 잉카인들의 슬픈 역사를 회상해 본다

    풀밭 사이로 자라난 이름 모를 꽃들을 보며 잉카인들을 생각해 본다. 높은 산비탈에 계단식 밭을 일구고 감자와 옥수수를 심어서 식량을 자급자족 해 보려고 안간힘을 쓴 흔적이 보인다. 밭에서 일 하다 추락한 사람들도 꽤 될 듯하다. 발밑에 말없이 흐르는 우루밤 바강이 아픈 역사를 떠 올리게 한다.

    건너편 '와이나픽추' 산봉우리는 흰 구름 속에 묻혔다 벗어났 다 하며 신비로움을 느끼게 한다. 지금도 페루인들은 화려한 태양 의 나라만을 상상하고 동경하며 산을 깎고 마른 땅을 일궈가며 잉 카의 부활을 기다리는지도 모른다.

미지의 대륙
아프리카를 엿보다

천둥의 안개 빅토리아폭포

2008년 3월 4일 봄이 오는 길목에서 후진국 여행길이라 기내용 가방 하나로 짐을 최소화해서 아프리카 여행길에 올랐다. 비행기가 이륙하는 순간 내 마음은 한 마리 새가 되어 인도양 위를 날았다.

새벽 시간에 요하네스버그에 내려 호텔에서 여장을 풀고 도보로 세계 3대 폭포의 하나인 빅토리아폭포로 향했다. 조금 걸으니 하늘과 땅을 메운 짙은 물안개 사이로 떠 있는 무지개가 이채롭다. 잠베지 강물이 천둥소리와 함께 100m 낙차로 떨어지는 광경이 눈앞에 펼쳐졌다. 폭포는 내 눈길을 빼앗았고, 난 신선이 된 황홀함에 빠져들었다. 탐험가 리빙스턴은 이곳 풍경을 그림에 담아 세계에 알렸단다.

짐바브웨에서 봉고를 타고 쵸베 국립공원으로 가는데 주변에서 불쑥불쑥 나타나는 동물들이 신비로웠다. 사파리에서 나는 곧 자연이며 자연 속의 나를 발견한다. 멀리 보이는 잠비아 국경의 형식적인 깃대 표시는 우리나라의 DMZ와 비교가 되었다.

요하네스버그에서 비행기로 남아공 발상지 1,080m 테이블 산을 돌아 지구상에서 가장 아름다운 자연환경을 가진 케이프타운에 내렸다. 케이프타운은 백인과 흑인의 빈부격차가 심해 천국과 지옥이 공존하지만 때가 묻지 않은 자연환경을 그대로 보존하고 있다.

세계 제1위로 꼽는 커스텐보쉬 수목원은 인위적으로 만들지 않고 자연 그대로 다듬어진 곳이다. 많은 동식물들이 살고 있고, 6천여 종이 넘는 식물들이 살고 있단다.

대서양과 인도양을 한눈에 담다

아프리카 대륙의 끝자락 케이프 포인트는 인도양과 대서양이 만나는 지점이다. 여기서 내려다보이는 '희망봉'은 푸른 물감을 뿌려놓은 듯이 맑고 투명해서 그 아름다움에 도저히 눈을 뗄 수가 없었다. 대서양과 인도양을 한눈에 담고 보니 이 세상의 중심이 곧 나라는 말이 실감났다. 오래도록 머물고 싶었지만 일정에 쫓겨 비

빅토리아폭포
커스텐보쉬 수목원

대서양과 인도양의 갈림길에서

행기로 케냐 나이로비에 도착했다.

빨리빨리 하면 복 나가니 뭐든 천천히 하는 나라이다. 숫자 10 개 기억이 어렵고, 2가지 생각이 동시입력 안 된단다. 얼마 전 대통령 선거 개표를 하다가 야당 후보가 유리하자 갑자기 개표를 중단했다가 오후에 조작해서 여당 승리를 발표하고 당일 취임식을 했단다.

야당의 거센 항의로 인명피해가 일어나자 UN 중재로 총리는 야당, 국무위원은 여, 야 12명씩 갖도록 했는데 여야 공히 미리 장관을 24명씩 내정했었던 관계로 장관 자리가 갑자기 48명으로 늘어났다는 것이다. 재미있는 나라인지 슬픈 나라인지 모르겠다.

행복한 마사이족 남자들

다음 날 꾸루호 국립공원에서 홍학과 동물세계를 관찰하며 동물과 인간의 차이점을 생각했다. 본능지배는 같지만 동물은 배가 고플 때만 사냥하고, 인간은 끝없이 황금을 쫓는다는 점이 다르다. 하기야 동물의 세계에 만약 냉장고가 있다면 차이점은 없을지도 모른다.

홍학을 보고 마사이마라 국립공원으로 향했다. 마사이족 남자는 외세로부터 가족을 보호하는 일만 하며 놀고, 모든 일은 여자가 책임진단다. 일부다처제로 여자는 결혼할 때 지참금으로 소 8마리

마사이족 삶의 현장을 찾아서

정도를 몰고 온단다. 그리고 물을 길어 오는 거리 10km 정도를 1시간에 주파하는 체력이 필수란다. 여자로 태어난 게 죄가 되는 나라이다.

다음 날 10만 평이나 되는 큰 규모의 사파리파크 호텔에 몸을 풀었다. 저녁시간에 아프리카 원주민들이 추는 현란한 몸동작인 명품 "사파리 캣츠 쇼"는 혼을 빼앗아 가는 듯 야단스러웠다. 소똥으로 만든 집에 살아도 여유롭게 웃으며 살아가는 순박한 그들의 삶을 보고 풍요롭게 살면서도 만족할 줄 모르는 나 자신이 부끄러워졌다.

모든 일정이 마무리되는 밤 시간, 나는 명상에 잠긴다. 꼭 와 보고 싶었던 아프리카, "위대한 풍경은 위대한 생각을 낳는다."는 명언으로 가슴을 채운다.

지중해에
빠지다

형제의 나라

신화란 미궁과 같다. 미궁 속에 들어가지 않은 사람에게 미궁은 존재하지 않는다. 미궁을 찾아 헤매는 사람만이 신화를 창조한다. 그리스 로마 신화를 읽으면서 지중해를 꼭 한번 가보고 싶었다. 그 꿈을 이루기 위해 2009년 10월 5일 터키 이스탄불에 내렸다.

터키는 지중해와 흑해 연안에 위치한 8개국과 국경을 이루며 아시아와 유럽의 가교역할을 하는 나라이다. 국가 면적의 3%(이스탄불)가 EU국가에 걸쳐있는 나라로 자존심이 강하다. 그래서 남에게 절대로 미안하다 말을 할 줄 모른단다. 한국전쟁 때 한국인을 코렐리(Koreli), 형제의 나라로 불렀다.

터키에서 가죽 패션쇼

터키와 그리스 땅 협상 때 터키는 이스탄불을 갖기 위해 그리스 쪽 섬 2,500개를 포기했다니 지금은 얼마나 후회스러울까.

여행 첫날, 우리는 유럽과 아시아를 가르는 보스포루스 해협에 유람선을 타고 잔잔한 바다 위를 누볐다. 이 나라는 정치세력에 의해 교회-성당-이슬람의 주도권이 바뀐단다.

특히 성 소피아 사원은 비잔틴건축의 최고 걸작이지만 복원 사업은 이슬람문화의 반발로 중단된 상태로 이슬람과 그리스도가 공존하는 상태다. 그날 밤 호텔에서 열린 가죽 패션쇼에서 모델과 함께 출연한 황홀한 추억은 무덤까지 가져가고 싶다.

한때 바다였던 기암괴석

　다음 날 카이세리에 도착하여 수많은 기암괴석이 끝없이 펼쳐
있는 카파토키아의 괴레메 골짜기의 파노라마를 카메라에 담았다.

　히타이트 시대로 추정되는 기독교인들이 박해를 피해 숨어 지
낸 미스터리한 데린쿠유는 최대 3만 명까지 살았다고 하니 이해가
되지 않는다. 지하도시의 치밀함에 세삼 놀랐다.

　파묵칼레로 가는 길에 전통마을을 지나면서 담장 위에 병이 2
개 있어 가이드에게 저게 뭐냐고 물었더니 이곳 풍습은 시집보낼
딸이 있으면 담장 위에 병을 얹어 놓는단다.

　예쁜 처녀 신붓감이 있으면 예쁜 병을, 나이 든 처녀가 있으면
큰 병을, 시집가서 이혼당해 온 여자가 있으면 깨진 병을 전시해
놓는단다. 신랑감이 병을 보고 찾아온단다.

1차 관문은 부모가 신랑감을 마당에 세워두고 심사를 해서 맘에 들지 않으면 냉수 한 사발을 준다. 찬물 먹고 가라는 뜻이다. 마음에 들면 안방으로 초대된단다.

2차 관문은 신붓감이 부엌에서 음식을 준비하면서 문구멍으로 보고 맘에 들지 않으면 소금을 짜게 넣어 음식을 못 먹게 만든단다. 맘에 들면 설탕으로 음식을 맛있게 만들어 함께 먹는단다.

1, 2차 관문에 통과되면 신랑 집은 노동력 증가, 신부 측은 인력 감소 차원으로 보고 여자를 데리고 갈 때는 반드시 지참금을 준다는 재미있는 이야기를 들려주었다.

신화를 찾아서

검푸른 바다와 뜨거운 태양으로 지중해를 가장 잘 느낄 수 있는 곳이 바로 그리스다. 로마 신화를 읽으며 꿈에 그리던 아테네. 1993년에 민주주의 2,500년을 자축했던 나라가 선도국가에서 밀리는 현실이 허허로웠다.

신들의 제왕 제우스(Zeus), 바다의 신 포세이돈(Poseidon), 사랑의 신 에로스(Eros) 등 고대 그리스 신화의 흔적을 찾아 길을 나섰다. 화려한 신화의 흔적은 겨우 몇 개의 기둥정만 남아 실망스러웠다.

수니온 곳으로 이동하여 코발트빛 에게해를 보고 아크로폴리스 언덕에 올랐다. 화려했던 파르테논 신전, 야외극장 디오니소스

소크라테스가 갇혀있던 감옥

를 보면서 고대 사람들의 삶을 그려보았다. 성인 소크라테스가 갇혀있던 감옥을 보니 만감이 엇갈렸다. 문득, 나훈아가 부른 〈테스형〉 가운데 한 구절이 생각난다. "아프다 세상이, 눈물 많은 나에게…"

BC444년에 건축된 포세이돈 신전은 바다의 신답게 아름다운 곳에 위치하고 있어 그리스 사람들이 즐겨 찾는 드라이브 코스로 이용된다고 했다.

마라톤 거리, 기원전 490년 아테네로 진격하는 페르시아 군대를 무찌르고 승전보를 알리기 위해 뽑힌 전령이 달린 거리이다. 마라톤 마을에서 아테네까지 40㎞를 달려온 병사가 승전보를 전하고 숨진 것이 계기가 되어 마라톤 거리가 되었다고 하는데 가이드 말에 의하면 실제로 마라톤 마을에서 아테네까지는 멀지 않은 거리라고 했다.

고대 문명의 발상지

우리는 다음 날 고대문명의 발상지 이집트 카이로에 도착했다. 5천 년이 지나도 스핑크스와 피라미드는 이집트의 상징으로 여행자들에게 유적 이상의 의미를 준다.

이집트는 이슬람 문화의 중심지요, 동서양과 신구문화의 교차로로서 인류 문명의 보고이다. 피라미드로 가는 길은 비좁고 주변이 지저분했다. 많은 사람들을 희생시켜 만든 무덤들이 지금에 와서 돈이 될 줄이야! 현장의 고고학 박물관을 보며 불가사의한 인간의 힘을 체험했다.

공항으로 이동한 우리는 룩소 관광에 들어갔다. 나일강 서쪽 지역에 있는 왕가의 계곡을 보니 왕들의 횡포가 얼마나 심했는지 그림이 그려진다. 입에서 입으로 전해 내려온 소문이 나를 소름끼치게 한다. 왕의 무덤을 만든 수만 명을 공사가 끝나면 정보가 노출될까 봐 다 죽였다니 믿고 싶지 않았다. 지중해여, 신화여, 미라가 된 빛의 아들 람세스 2세여, 왕비 네페르타리여, 영원하라.

이집트를 대표하는 룩소르 신전

자연과 예술이
살아 숨 쉬는 곳

발칸반도의 종교문화

발칸반도는 유럽과 아시아를 이어주는 요새지역이라 강대국들이 서로 차지하려고 싸웠던 로마제국의 옛 땅이다. 카톨릭, 동방정교, 이슬람교가 뒤엉킨 종교분쟁, 이념분쟁이 심각한 지역으로 제1차 세계대전의 직접적인 원인이 되었던 곳이기도 하다. 그 역사적인 현장을 가보고 싶어 2010년 5월 15일 설레는 맘으로 하늘 높이 날아올랐다.

오스트리아 웨스트 호텔에 짐을 풀고 관광에 나섰다. 오스트리아는 유럽의 중앙에서 정치, 경제, 문화를 잇는 가교 역할을 하는 나라로 주변 8개국과 국경을 접하고 있다. 아름다운 알프스 산을 끼고 있어 식수 사정이 좋고, 전쟁의 역사에서 얻은 노하우가 있어

고부가가치 생산으로 잘 살고 있는 나라다. 내가 처음 간 '잘츠부르크 성'은 6세기에 걸쳐 완성한 중세의 성들 중 가장 큰 성으로 잘차흐강에 비치는 그림자가 세계에서 가장 아름답다고 한다. 17세기 디트리히 대주교가 사랑하는 여인 살로메를 위해 지었다는 미라벨 정원은 정교하고 섬세하며 분수대는 웅장한 건물의 모습을 한층 더 돋보이게 했다.

다음 날 '쉔부른 궁전'에 갔는데 1,441개의 방 중 45개만 공개하고 있었다. 그중에서 모차르트가 6세 때 Maria Theresia 여왕 앞에서 연주했던 '거울의 방(Spieqelssaal)'이 눈길을 끌었다. 빈의 중심에 있는 성 슈테판 사원은 고대 신들이 살아 숨 쉬는 느낌을 받을 만큼 신성화된 곳이다. 아름다움에 빠져 사진을 찍던 바로 그 순간 소매치기가 내 지갑을 훔쳐갔다. 아찔했다. 다행히 내게 가장 소중한 여행기록과 여권은 있어 불행 중 다행이었다.

영원을 사는 주교

체코슬로바키아 연방은 체코공화국과 슬로바키아공화국으로 분리된다. 아름다운 거리에 음악과 인형극 등 전통적인 낭만의 역사가 살아 숨 쉬고 있었다. 현대를 살면서도 중세의 숨결을 그대로 느끼고 공유할 수 있어 행복했다. 체코는 동편제 사고로 빨리빨리 잘살고 싶었고, 슬로바키아는 서편제 사고로 천천히 편하게 살고

세계에서 가장 큰 고대 성채 프라하 성

싫었다. 그래서 문화적으로 서로 갈라선 나라다.

　체코 정치의 중심인 프라하 성은 천 년 이상의 건축역사를 대변
하고 있다. 체코의 국가적 상징인 이 궁전은 지금 대통령 관저로
사용되고 있으며, 현존하는 세계의 중세 양식의 성 중에서 가장 큰
규모라고 한다.

동화 속 난쟁이 마을을 연상시키는 황금 소로는 나를 동심의 세계로 안내하였다. 세계에서 가장 아름다운 다리로 사람들은 서슴지 않고 '카를다리'를 꼽는단다. 블타바강 위에 서정과 낭만이 가득한 황혼을 배경으로 펼쳐진 이 다리는 유럽에서 가장 오래된 돌다리로 예술성이 뛰어난 보행전용 다리이다. 이 다리가 세계적인 눈길을 끌게 된 것은 바로 성직자 메퓨모 주교의 아름다운 일화 때문이다.

나는 현장에서 상상의 날개를 펴고 동영상으로 그려봤다. 목타우 왕비가 성 메퓨모 주교에게 불륜사실을 고해성사한다. 이런 사실을 안 왕은 불같은 화를 내며 주교에게 불륜사실을 캐묻는다. 주교는 하느님의 뜻을 어길 수 없다며 끝까지 거절한다. 화를 참지 못한 왕은 주교를 이 다리에 끌고 와 많은 사람들이 보는 가운데 사형에 처한다.

주교는 죽었지만 이 다리 위에 동상으로 살아나 보는 사람들의 가슴에 영원한 성직자로 존경을 받는다. 이 아름다운 곳을 두고 또 다시 발걸음을 돌려야 하는 일정이 못내 아쉬웠다.

프라하의 봄

　러시아가 침범해 올 때 체코인들은 나라의 보물들이 손상될까
봐 두 손 들고 당하고만 있었다고 한다. 나라는 빼앗겨도 다시 찾
을 수 있지만 문화재 손실은 영원히 복구할 수 없다는 그들의 긴
안목이 존경스러웠다. 판단은 옳았다. 지금 세계인들에게 많은 볼
거리를 제공해 주고 그 대가로 관광수입을 올리고 있지 않은가?

　체코가 사회주의국가에서 자본주의로 돌아서면서 정부 자산을
분배하는 과정에서 국민들에게 자동차냐 집이냐를 선택하라고 했
단다. 당시 자동차를 선택한 사람들은 아직도 고물차를 몰고 다니

체코인들이 지킨 문화의 거리

는 가난한 사람으로 살고 있고, 집을 선택한 사람들은 부자로 살고 있단다.

다음 날 폴란드로 떠났다. 바르샤바 대평원 지역에 자리하고 있는 과거와 현재가 공존하는 나라 폴란드공화국은 아우슈비츠 수용소가 있는 곳이다. 당시 이 수용소는 많은 유대인을 처형했던 가스실과 처형당한 사람들의 사진, 시체를 태웠던 소각장 등이 그대로 보존되어 있어 비극의 역사를 생생하게 반추시켜 준다. 그 비극의 역사가 유네스코에 의해 세계유산으로 지정되었다니 아이러니하다.

히틀러의 눈엣가시는 바로 유대인들의 태도였다. 그들은 하느님의 선택을 받은 사람들이라며 독선과 아집으로 자기들만의 호화스런 생활을 해왔다. 특히 히틀러는 세계를 장악할 민족이 곧 유대인이라는 여론에 그들을 멸종시키고, 국력을 한곳으로 모아야 하겠다는 생각을 가진 모양이다. 이유야 어찌되었든 인류에 못 할 짓을 한 것만은 사실이다.

그러나 이 모든 일을 히틀러 혼자 했겠는가? 명령이야 내렸겠지만 히틀러 한 사람에게만 죄를 묻는 것은 문제가 있다는 생각을 해본다. 그 후 독일은 기회마다 사죄하고 많은 배상을 한 반면에 일본은 어떤가. 사죄하는 빛은커녕 오히려 오만하다.

슬로바키아의 블라티슬로바 성은 넓은 숲이 절경을 이루고 있다. 다뉴브강에서 내려다본 시야는 가슴을 활짝 열어준다. 타트라 산을 따라 펼쳐지는 만년설은 때 묻지 않은 자연 그대로의 모습이다. 타트라 산맥에서 자연과 함께한 하루는 일생의 찌든 때를 다 말끔히 씻어준 느낌이다. 하늘이 눈이 부시도록 파랗다. 이런 세상을 형이상학 세계라고 하는가 보다. "자연의 책을 읽혀라."고 한 칸트의 명언이 떠오른다.

다음 날 헝가리 부다페스트로 향했다. 부다(언덕)페스트(평야)는 전쟁으로 얼룩진 나라다. 다뉴브강을 조망할 수 있는 겔레르트 언덕에 서서 내려다본 시가지는 너무나 아름답다. 이곳을 보기 위해 세계에서 열한 번째로 많은 관광객이 다녀간단다.

이곳 관광을 마치고 천년의 역사를 안고 신흥개발로 경제대국을 꿈꾸는 크로아티아공화국을 찾았다. 폴리트비체 호수 국립공원은 숱한 세월 동안 석회암 백악층에 유입물길이 침전되어 호수 댐을 이루고, 동굴들이 폭포를 만들고 있다. 절경을 감상하고 있는데 많은 사람들이 우리를 지켜보고 있었다.

동물원의 원숭이가 된 기분이라서 조금은 언짢았다. 황색인종에 대한 비하행위란 생각에 슬그머니 적개심이 꿈틀거렸다. 이런 우리들의 마음을 헤아린 가이드가 웃으며 말했다. 이곳 사람들은 일부러 햇빛을 즐기는데, 우리는 양산을 쓰고 햇빛을 가리니 그들

겔레르트 언덕에서 내려다본 부다페스트 낮과 밤

눈에는 이상하게 보였으리라.

　작고 아름다운 나라 슬로베니아에는 세계에서 2번째로 긴 종류동굴이 있다. 바로 '포스타니아 동굴'로 너무 길어 귀여운 꼬마 열차를 타고 이동하는 색다른 관광이다. 동굴 안에는 구석기 시대의 유물이 많이 발견됨으로써 아주 오래전부터 사람들이 정착해 왔음을 알 수 있다고 한다. 기차를 타고 조명을 받으며 형형색색의 기괴한 모양을 둘러본 동굴여행은 환상적이었다.

세계의
고원에 서다

하늘 아래 첫 나라 티베트

바다 속에서 대륙이 솟아올라 생겼다는 하늘 아래 첫 나라 티베트. 국교가 불교(라마교)인 이 나라 정신적 지도자는 달라이라마이다. 그는 5세 때 지도자로 책봉되어 티베트 자치구를 주장하다가 중국의 진격으로 1959년 인도로 망명하였다. 비폭력 티베트 독립투쟁공로가 인정되어 1989년 노벨평화상을 수상했다.

이런 예비지식만 가지고 2011년 4월 3일 티베트 자치구 라싸에 도착했다. 해발 3,700m의 자연과 어우러져 있는 세계에서 가장 높고 넓은 도시이다. 1300년 동안 종교문화와 역사적 유물과 유적으로 세계적인 눈길을 끌고 있다.

보석 섬이라는 뜻을 가진 달라이라마의 여름궁전인 노블랑카

지구상에서 가장 높은 암드록초 호수 해발 5,000m

는 독특한 고전과 순박한 전원의 모습이고, 티베트 정신적 지도자 달라이라마가 머물던 거실의 벽시계는 망명 당시 시각인 9시를 가리키고 있었다. 관광도 좋지만 고산병 증상이 나타나 산소호흡기로 힘든 밤을 보냈다.

　다음 날 티베트를 최초로 통일한 초대국왕 송첸캄포왕이 당나라로부터 맞아들인 당 태종의 딸 문성공주를 위해 창건하였다는 겨울궁전인 포탈라(깨끗한 땅)는 천 개가 넘는 화려한 방들로 짜여있었다. 오후에 들른 라마교의 중심 사원인 조캉사원(부처님의 집)은

신도들이 신앙생활을 하는 곳으로 규모가 방대했다.

　인산인해를 이룬 군중들이 멀리에서 부처님을 향해 3배를 올리며 일체유심조一切唯心造의 의미를 반추했다. 그리고 다시 부처님을 우러러보니 빙그레 웃으시며 내게 다가와 고삐 풀린 내 마음을 어루만져 주는 듯했다.

　다음 날은 하늘 호수(암드록초)를 해발 5000m 지점에서 내려다보았다. 숲과 바위와 물빛의 신비스러운 조화에 저절로 벌어진 입이 다물어지지 않았다. 내려오는 길에 높은 산기슭에서 야크를 만났다. 유목민은 야크 털로 천막을 짓고, 고기를 말려서 육포를 만들며, 똥은 땔감으로 쓴단다.

　다음 날 성도의 서란봉에 위치한 능운사에 도착했다. 하나의 산이 하나의 불상이고, 불상이 하나의 산인 낙산대불을 유람선으로 관람했다. 민강 서쪽 암벽을 통째로 잘라내 새긴 마애석불은 713년 만든 불상으로 높이 71m, 머리 넓이만 10m에 달하는 세계에서 가장 큰 마애불상이다.

　이 불상은 당나라 때 승려 해통이 무사히 배가 지나다니기를 기원하기 위해 조각했다고 한다. 오후에는 삼국유사에 나오는 제갈량의 사당인 무후사를 보고 당나라 시인 두보의 초당을 둘러보았다.

몽골의 푸르른 초원을 달리며

　폭풍의 심장을 가진 칸의 리더십 몽골, 백조의 호수로 유명한 나라 러시아. 나는 또 다른 세상을 만나러 홀쩍 길을 떠났다. 2011년 7월 2일 울란바토르 국제공항에 내렸다. 바다 없는 내륙국가의 수도인 울란바토르(붉은 영웅)는 해발 1,300m의 고원으로 사방이 산으로 병풍을 이루고 있다. 경치가 아름다운 시가지 남쪽 전망대에 세계대전 승리와 전쟁영웅과 전사자를 기리기 위해 세워진 자이승 승전탑이 있다. 벅드왕궁 박물관은 칭기즈칸의 화려했던 모습과 위대함을 새삼 돌아보게 했다. 칭기즈칸이 광활한 땅을 150년간 대제국으로 이어온 리더십은 Small, Speed, Networking, Open이라는 4요소로 일상을 슬림화하면서, 머뭇거리지 말고, 모든 이들에게 감사한 마음으로 다가서서, 내 마음을 열고 살라는 메시지라고 생각한다. 위대한 지도자들을 다 떠올려 봐도 칭기즈칸처럼 오래도록 대를 이어온 사람이 없다. 그 옛날 말 달리던 칭기즈칸이 존경스럽다.

　몽골에서 병원을 개설한 애국지사 이태준 선생 기념공원에 들러 우리 민족의 위대함을 새삼 느꼈다. 유네스코 지정 자연문화유산 테를지국립공원으로 이동하여 거북바위, 어월, 책 읽는 바위 등 기암괴석과 야생화 군락지를 보며 자작나무 숲을 거닐어보니 감회가 새로웠다. 저녁시간 일행들과 탁트인 시야, 별빛 쏟아지는 게르 캠프에서 몽골전통 양요리 허르헉 바비큐와 전통주를 마시던 추억

시베리아 횡단 열차를 타고

은 영원할 것만 같다.

다음 날 방문한 역사 박물관과 자연사 박물관은 전혀 가식이
없어 감동이었다. 인간들은 자연과 싸우고, 때로는 순응하면서 곳
곳에 삶의 흔적들을 남겼다. 그중에서도 인간이 살기에 적합하지
않은 땅, '신이 버린 땅' 이라고 한 곳에서 몽골 유목민들은 선조들
방식대로 넓은 초원에서 가축을 키우며 살아왔다. 가이드 말에 의
하면 울란바토르에는 버려진 아이들이 4천 명이 넘는단다. 그래서
미국에서 설립된 세계 최대 월드비전이 현재 몽골에서 구호활동을

러시아의 푸른 눈 바이칼 호수

하고 있다. 그런데 이 단체의 설립자가 미국인 밥 피어스 목사와 한국인 한경직 목사라는 사실을 알게 되었다. 종교관은 서로 다른 시각을 가지고 있지만 한경직 목사는 종교를 초월하는 인권존중의 세계적인 인물로 여겨졌다.

바이칼 호수

몽골 관광을 마치고 우리나라의 170배로 세계에서 가장 큰 영토를 가진 러시아로 향했다. 막대한 천연자원, 다양한 전통문화를 가진 다민족 국가로 예술이 살아 숨 쉬는 러시아다. 관광의 주 목적지는 바이칼 호수였다. 원주민 전통 목조가옥이 전시된 시베리아 탈치박물관을 둘러보았다. 낯설지만 눈에 설지 않은 전시물을 보니 사할린 교포들의 삶이 녹아있지 않나 하는 아련한 생각이 들었다.

리스트 비앙카로 이동하여 체르스키 전망대에서 꿈에 그리던 바이칼 호수를 내려다보았다. 남한 면적의 3분의 1, 깊이 1,750m, 폭 80km, 18개의 섬으로 구성되어 있다. 전 세계의 인구가 40년 동안 먹을 수 있는 물을 품은 세계 최대 호수다. 336개의 물줄기가 바이칼로 들어와 오직 한곳으로만 흘러가는 앙카라강은 크지만 정겹고 평온하다.

바이칼 호수 크루즈 여행은 내 영혼을 송두리째 앗아가 버렸다. 혁명주체들의 유배지 데카브리스트 기념관을 보고 즈나멘스키 수도원을 방문하면서 어디를 가나 종교의 힘은 인간 세상에 위력을 발휘한다는 생각을 했다.

이르쿠츠크에서 러시아식 사우나를 체험했다. 달구어진 돌에 물을 부어 생기는 뜨거운 열기로 사우나를 하니 몸이 가벼워 하늘을 날 것 같은 기분이었다. 사우나를 마치고 홀가분한 마음으로 바이칼 호수를 한눈에 내려다볼 수 있는 체르스키 전망대에 올랐다. 보고 또 봐도 눈이 싱그러운 바이칼 호수의 낭만이 여운으로 남아 자꾸만 뒤를 돌아보았다.

백야白夜와
함께

만년설과 빙하의 나라

2011년 10월 10일 산악의 나라 노르웨이 오슬로에 도착했다. 농경지 3% 이외는 모두가 산과 호수의 나라, 먼 산의 만년설이 나를 향해 손짓하고 있었다. 세계에서 가장 큰 요스테달 빙하를 유람선으로 관광했다.

푸른 기운을 품은 투명한 물빛은 이 세상에서 가장 순수하고 맑은 빛깔로 다가왔다. 빙하 아래 계곡에 세워진 '뵈이야 빙하 박물관' 은 생김새부터가 달랐다. 마치 주변의 산 모양들을 상징적으로 나타낸 건물로 내부를 둘러보고 자연의 위대함 앞에 내가 새삼 작아짐을 느꼈다.

오슬로의 '비겔란의 조각공원' 은 요람에서 죽음까지 삶의 여

Geiranger 피오르

정으로 인간의 한계를 보여준 미의 극치였다. '화난 아이' 조각상
은 우리 어른들이 새롭게 태어나야 한다는 생각을 갖도록 하기에
충분했다.

　밤에는 GDP 10만 불의 현장 체험을 위해 시가지로 나갔다. CD
한 장에 4만 원, 맥주 한 잔에 1만 5천 원, 어린이 돌봄이 선생의 월
급이 9백만 원이란다. 교포에게 우리나라와 차이점을 물었더니
"병원에 두 달간 입원했다가 퇴원했는데 한 푼도 내지 않았다."고
했다. 세계적인 복지 국가답게 교도소에도 냉난방기, 수영장, 컴퓨
터, 산책로까지 다 갖추어져 있단다. 선진국 복지국가의 진면목을

보며 우리나라도 그런 날이 하루 속히 오길 간절히 바라본다.

동화의 나라

　동화의 아버지 안데르센과 인어공주를 만나기 위해 덴마크로 갔다. 19세기에 건축된 중세풍 붉은 벽돌집이 눈에 들어온다. 안데르센 동상을 보니 '벌거벗은 임금님' 을 읽으며 많이 웃었던 어린 시절이 떠올랐다.

　인어공주 동상은 바닷가 바위 위에 동그마니 앉아 바다가 아닌 왕궁 쪽을 바라보고 있다. 마녀의 잔꾀로 왕자의 사랑을 받지 못하고 바다의 물거품으로 죽은 인어공주의 한을 보는 것 같다. 옛날이나 오늘날이나 악의 승리를 볼 때마다 신의 존재를 의심한다.

　나는 코펜하겐의 운하를 둘러보면서 이명박 대통령이 이 운하를 보고 청계천을 복원시켰는지 모른다고 생각했다. 여행은 인간에게 무한한 상상력을 준다.

　덴마크는 낙농과 공업 디자인으로 풍요로움을 누리고 있다. 넉넉한 삶에 평등의식을 심어주어 국민 모두가 갈등 없는 삶을 유지한다고 한다. 자전거 천국인 시가지를 보며 우리나라도 언젠가는 고급 외제차가 아닌 거리를 채운 자전거를 상상해 본다. 이 나라에서는 대통령도 자전거로 출퇴근한다는 가이드의 말을 듣고 우리나라 대통령이 자전거로 출퇴근한다면 어떤 결과가 나올까 상상하며 쓴웃음을 지었다.

다음 날 세계에서 가장 아름다운 '물 위의 도시'라는 스웨덴 스톡홀름으로 향했다. 이 도시는 발틱해와 마라렌 호수가 만나는 곳에 14개 섬으로 자연과 조화를 잘 이루고 있다. 나는 노벨상 수상식이 열리는 스웨덴 시 청사를 바라보며 수상자들에게 무한한 박수를 보냈다. 노벨 수상자들이 거닐었던 이 거리를 거닐어보니 나 자신이 너무 작아 보였다.

백야의 나라

다음 날 우리가 간 곳은 소련 연방국이 해체되면서 독립한 발트 3국인 에스토니아, 라트비아, 리투아니아였다. 3국을 다 합쳐도 서울 인구에 이르지 못하는 작은 나라들이다. 그러나 발길 닿는 곳이 모두 문화유산이다.

라트비아의 베르사유로 불리는 룬달레궁은 작지만 아주 아름답고 외관이 화려했다. 리투아니아 7개 호수 위에 떠 있는 투라카이 성 조망은 고즈넉한 저녁노을과 더불어 한 폭의 수채화다. '붉은 벽돌의 환상'이라고 불리는 빌뉴스 시가지는 도로 하나를 사이에 두고 성당이 있을 정도였다.

여행 10일째, 산타클로스의 나라 핀란드에 도착했다. 핀란드가 낳은 최고의 작곡가 시벨리우스를 기념하는 공원은 자연과 조화를

호수 안에 떠 있는 트라카이 성

잘 이루고 있었다. 세계에서 가장 정직한 나라, 국민과 정부가 상호 신뢰하는 나라, 여행객이 길을 물으면 아무리 바빠도 목적지까지 갈 수 있도록 친절히 안내한단다. 그런 걸 온몸으로 체험하고 마지막 여행지인 상트페테르부르크로 향했다.

러시아의 광활한 땅에 세계적인 역사가 살아 숨 쉬는 거대한 도시에서 세계 3대 박물관 중 하나인 에르미타쥐 박물관에 갔다. 소장된 물건을 1분씩만 보아도 5년이 걸린다니 놀라서 입을 다물 수 없었다. 고대 역사가 살아 숨 쉬는 현장의 시민들은 표정이 하나같이 무표정하고 웃음이 보이지 않았다. 클레믈린궁전 내부를 카메라에 담으면서 과거로의 시간여행을 떠나보았다.

북유럽 백야 여름 3개월은 밤 10시에 해가 지고 새벽 2시 해가 뜬다. 이때는 열심히 일하지 않으면 겨울 9개월은 하고 싶어도 일을 못 한단다. 우리들에겐 오감이 즐거운 여행지이지만 이곳 주민들은 별로 행복해 보이지 않았다. 그래서인지 여운이 남는 다른 관광지와 달리 정감이 가지 않았다.

블라디보스토크

여행은 마음이 아주 잘 통하는 사람끼리 떠나면 행복하겠지만, 여의치 않으면 불편하기 때문에 혼자 다닐 때가 많다. 그런데, 이번 여행은 책사랑 회원 가족들과 함께 떠나게 되었다. 젊음과 활기가 넘쳐흘러서 너무 행복했다. 음식의 맛은 누구와 함께 먹느냐에 따라 달라지듯 여행 또한 그렇다.

우리 일행 8명은 처음 만났지만 모두가 오랜 친구처럼 화기애애했다. 특히 속초항에서 2012년 4월 15일 오랜만에 떠나는 해상여행이었다. 선상에서 망망대해를 바라보며 나 자신을 뒤돌아볼 시간을 가졌다. 나는 어디로 가고 있는가? '스쳐가는 만남은 의미가 없고, 무의미한 삶 또한 의미가 없다.' 는 법정스님의 말을 새기며 이번 여행에서 내 삶의 새 지평이 열리기를 기대하며 떠난다.

우리 일행은 이튿날 오후 2시 블라디보스토크에 도착했다.

영화 '태풍' 의 촬영지였던 블라디보스토크의 혁명광장을 둘러보면서 시대의 반항아 레닌의 모습이 떠올랐다. 잠수함 박물관은 크고 웅장한 대륙의 기질을 보여주었고, 2차 대전 때 사용하였던 전차와 함포가 전시되어 있는 '지상요새' 는 참혹했던 역사를 간직하고 있었다. 제일 높은 곳에 있는 '독수리 전망대' 에서 도시를 내려다보았다.

루키 섬을 잇는 '금각교' 의 웅장하면서 예술적 감각이 살아있는 아름다운 모습이 눈길을 끌었다. 주위의 풍경과 조화를 이룬 러시아 유일의 얼지 않는 항구에는 군함과 어선과 상선들의 활기찬 모습들이 인상적이었다.

이튿날 연해주 독립운동의 발자취를 느낄 수 있는 '신한촌 건립비' 를 둘러보면서 우리 민족의 위대함을 느꼈다. 신한촌은 1863년 연해주에 한인 이주가 시작되면서 블라디보스토크에 형성되었고, 일제 치하에 독립운동이 활발하게 이루어졌던 곳이다. 1937년 스탈린의 강제 이주정책에 따라 '신한촌' 도 사라졌다는 게 아쉬웠다.

대항해시대를
연 나라

붉은 망토의 투우 나라

인류 역사에 대혁명이라고 하면 '인쇄술', '항해 시대', '달 착륙'이라고 한다. 15세기 인쇄술 발명이 없었다면 인류의 역사가 오늘에 전달되지 못했을 것이고, 성경책의 대량 인쇄가 없었다면 기독교가 번창할 수 있었겠는가. 대항해 시대가 없었다면 스페인과 포르투갈이 많은 영토를 확보할 수 있었을까? 20세기 달 착륙으로 위성시대가 열리면서 영상을 주고받는 휴대폰 문화시대가 열리게 되고 자동차의 안전띠도 여기에서 나왔다고 한다.

2014년 10월 26일 항해시대를 연 정열의 나라 스페인에 도착했다. 16세기 쿠바, 멕시코, 태평양을 주름잡던 바이킹의 후예답게 거리의 사람들은 활기차게 보였다. 붉은 망토와 투우의 나라 스페인, 바르셀로나 올림픽 주경기장에 있는 몬주익 언덕에 오르니 올림픽 마라톤을 중계하던 흥분된 아나운서 목소리가 생생하게 재생되었다.

TV중계방송을 지켜보던 온 국민의 함성이 터진 마라톤 40km 지점인 몬주익에 서니 감회가 새로웠다. 바로 앞서가던 일본의 모리시타 고이치를 황영조가 제친 곳으로 황영조 선수의 기념비가 우리 일행을 감동으로 맞았다.

앞서가는 선수가 일본 선수라 "일본만은 꼭 이겨야 하겠다는 마음으로 달렸다."니 그 마음가짐이 민족 감정을 벗어나 존경스러웠다. 황영조가 마지막 반환점을 돌 때 기분이 어떠했을까. 누구에게나 살면서 반환점은 있다. 단지 그 시점에서 얼마만큼 새롭게 탄생하느냐가 중요하다는 생각을 해 본다.

스페인 세계 3대 성당의 하나인 세르비아 대성당에서 콜럼버스의 무덤을 보았다. 죽어서도 영웅으로 칭송받는 탐험가 콜럼버스의 일화들은 우리에게 주는 시사점이 많다. 그중에서도 자기가 발

세비아 성당 내 콜럼버스 무덤

견한 아메리카를 인도로 알고 죽었다니 잘못 간 길에서 더 큰 대륙을 발견한 셈이다. 인생을 살면서 실패의 경험은 자신의 불필요한 것들을 제거해 준다고 한다. 잘 못 살아온 삶을 미래의 세계에 디딤돌로 삼는 의미 있는 메시지를 준 셈이다.

이베리아 반도는 포에니 전쟁이 일어남으로써 로마의 지배를 받다가 아랍인들의 지배를 받게 되었다. 그러다가 15세기에 독립하여 이사벨 여왕 시대가 열리면서 해가 지지 않는 나라로 발전했다. 그렇지만 100년 후부터 쇠퇴하기 시작하면서 조상이 일구어 놓은 유산을 다 탕진한 셈이다. 지구가 도는 것처럼 역사도 끊임없이 순환하고 있다는 사실을 깨닫게 해준다.

독도와 까보다로까

동양의 제일 동쪽에 있는 땅이 우리나라 독도라면 서양의 제일 서쪽에 있는 땅이 포르투갈의 까보다로까이다. 그래서 지구의 동서를 '독도-까보다로까'라고도 한다. 이곳에 가면 한국 사람을 반겨주면서 기념패를 팔고 있다.

포르투갈의 성모 발현지 제로니모스 수도원에도 다가마의 무덤이 있었다. 인도양을 돌아서 브라질까지 진출한 그 열정이 존경스럽다. 포르투갈의 후앙 1세가 "지구가 둥글다."라고 한 콜럼버스 주장을 받아들였다면 아프리카와 남미대륙이 다 포르투갈 영토

모로코 평원을 달리다

까보다로까 해변

가 되지 않았을까.

후앙 1세가 늦게나마 마음의 문을 열면서 그의 아들 엔리케가 아버지보다 더 열정적으로 다가마를 지원해 인도와 남미로 진출한다. 엔리케 기념탑에 칼 모양의 십자가가 보인다. 하느님을 앞세워 뒤로는 칼로 남미를 정벌한 표시라고 가이드가 설명한다. 얼마나 솔직한 표현인가.

18세기 대지진 때 수도인 리스본 시가지가 쓰나미에 의해 다 쓸려 나갔다. 이때 국교가 기독교였는데 하느님을 믿고 살아온 백성들은 실망했다. 많은 사람들이 기독교를 불신할 때 유일하게 버티어 온 제로니모스 수도원이 리스본을 지키고 있었다. 바닷가에 보란 듯이 유일하게 버티어온 이 건물 때문에 다시 하느님을 믿게 되었다고 한다. 역시 하느님은 위대한 존재이다.

대항해 시대 당시 한일관계를 살펴보았다. 포르투갈의 원정대가 일본에 도착했을 때 친절함에 대한 보답으로 도요토미 히데요시에게 소총 2자루를 준 것이 20자루, 2천 자루로 불어났다. 이로 인해 일본의 힘이 강해지자 임진왜란을 일으켰다. 반면 우리는 포르투갈이 무역을 제안했을 때 쇄국정책으로 뒤처지지 않았던가. 지난 역사를 가늠해야 하는데 지금도 자기만의 생각에 갇혀있는 건 아닌지 생각해 본다.

자연이
나를 부른다

자연 속에서 인생 3막 그림을 그리다

인생을 살아오면서 모든 걸 내려놓고 싶을 때가 있다. 퇴임의 순간 허물어진 위상과 공허함, 경제적 부담, 노후의 삶 등이 나를 외롭게 만들어 쉬어 가야 할 때라는 영감이 왔다. 숨 가쁘게 달려왔으니 쉬지 않고 뛰면 심장이 멎을 것만 같았다. 그때 당시 97세 때 김형석 교수가 쓴 『백년을 살아보니』라는 책이 나의 활력소가 되었다. 인생의 황혼기를 60세에서 75세라고 보았으니 우리 세대 황혼기는 더 연장된다고 볼 때 나는 아직 인생의 황금기를 누리고 있는 셈이다. 더 활기찬 삶을 설계한다는 의미에서 2016년 4월 30일 호주와 뉴질랜드로 떠났다.

호주는 세계에서 여섯 번째로 큰 나라다. 250년 전에 영국에서

Sydney Harbour Bridge Climb

죄수를 관리할 장소를 찾다가 발견한 땅이지만 영국의 30배나 되는 넓은 땅이다. 호주는 아직까지도 영국 왕을 모시고 있다는 사실이 놀랍다.

당시 영국의 롤리 제독은 "바다를 지배하는 자가 세계를 지배한다."는 명언을 남겼고, 마한 제독은 "육지를 잃는 한이 있더라도 바다를 잃어서는 안 된다."라고 했다. 이런 훌륭한 지도자가 있어 영국은 '해가 지지 않는 나라'가 가능했던 것 같다.

처음 간 곳은 세계 3대 미항 중 하나인 시드니였다. 만과 곶의 지형적 조건에 자연과 예술적인 조형물들의 조화가 그대로 살아 숨 쉬는 예술품이었다.

오후에는 호주의 그랜드 캐니언이라 불리는 블루마운틴 국립공원으로 향했다. 공원 숲으로 들어서자 유칼리나무 숲에서 빠져 나오는 청명한 태양빛을 받는 순간 희망을 머금은 새로운 세상이 보이기 시작했다. 인생을 그 누가 괴로움이라고 했던가? 그 순간 세상은 찬란한 빛의 세상이었다. 페드데일 동물원에서 유칼리 나 뭇잎을 먹고 사는 귀여운 코알라와 캥거루를 안아보았다.

빙하가 녹아내린다

뉴질랜드 남섬으로 갔다. 하얀 연기를 내뿜고 있는 피오르에서 흘러내리는 빙하수는 300년 전 물이라니 신기했다.

울창한 숲, 망망대해 푸른 바다, 맑은 호수, 티 없이 맑은 공기, 여기가 바로 지상낙원이 아닌가 싶다. 거울호수에서 나 자신을 바라본다. 얼굴을 다듬고, 머리도 새로 심고, 눈썹도 다듬고, 찌그러 진 눈도 바로 잡는 Mirror Lake에서 들여다본 내 영혼은 전혀 새로 운 모습이다. 멋진 인간으로 다시 태어날 것이라 다짐해 본다.

퀸스타운은 번지점프의 본고장으로 유명하다. 뉴질랜드의 모 험가 A. J. Hackett는 이 지역을 상업지역으로 알리기 위해 번지점 프를 시작했다니 대단하지 않은가? 고희의 나이에 한번 도전해 보 고 싶었는데 유감스럽게도 문을 열지 않았다.

폭포와 기암절벽 밀포드 사운드 사이로 유람선을 타고 반지의 제왕 촬영지를 보면서 신선이 된 착각에 빠졌다. 이대로 머물고 싶

300년 전의 빙하가 녹아내린다

은 마음, 시간아 멈추어 다오.

화산이 불꽃을 토한다

    화산지대의 색다른 풍경을 보기 위해 북섬으로 날아갔다. 원주민들이 카누를 탄 곳이 남섬이고 카누를 타고 도착해서 낚시로 고기를 낚아 올린 곳이 북섬이란다. 그래서 그런지 북섬은 가오리처럼, 남섬은 카누처럼 생겼다.

    자연의 생명력이 살아 숨 쉬는 북섬의 와카레와레와의 솟아오르는 온천수와 끓는 진흙탕, 열기가 분출하는 모습에서 대자연의

화산이 불꽃을 토한다

위대함을 새삼 느껴 본다. 저녁시간 자연이 만들어 놓은 걸작품인 와이토모 동굴에서 바라본 반딧불의 환상적인 불빛은 너무 황홀해 넋이 나갈 정도였다.

　뉴질랜드 남섬은 빙하가 녹아내리고 북섬은 시뻘건 화산이 불꽃을 토한다. 우리 인생도 냉정할 때는 뜨겁게 하고, 뜨거울 때는 냉정을 찾을 수 있는 시간이 필요하다는 생각을 한 번쯤 해보는 시간이었다. 여행지를 한 바퀴 돌고 나니 몸은 지쳐있어도 마음은 가뿐해 힘들었던 지난 삶들이 눈 녹듯이 사라지고 마음이 평온해졌다. 이번 여행으로 나는 거듭 새로 태어나고 싶다.

중국 대륙을
기웃거리다

21일간의 유학생활

　2010년 봄 통일부에서 통일교육 위원으로 활동한 공적으로 통일에 관심이 많은 분들과 한국, 중국, 베트남 3국 통일부 차관을 단장으로 하는 워크숍에 참석했다. 중국과 베트남에서 2차례에 걸쳐 열렸는데 내용은 공산주의와 자본주의 어느 정책이 좋은지 허심탄회하게 토론하는 장이었다.

　나는 공산주의 라인은 잘못된 사고로만 알고 있었는데, 이 사람들이 주장하는 생각도 이해를 하게 되었다. 일테면 좋은 정책을 일관성 있게 추진할 수 있다는 점, 국가기밀보안, 외세에 강력대응할 수 있다는 점 등이다.

　우리 조선왕조 역사를 보면 왕권이 강력할 때 대마도 정벌이

백두산에서 세상을 내려다본다

있었고, 나라를 다스리는 최고의 법전 『경국대전』을 만들기 시작
했다. 그리고 박정희 대통령 시절 강력한 리더십으로 경제발전을
가져오지 않았는가, 생각해 본다.

우리나라와 가까운 중국대륙을 여행하면서 중국의 삶을 좀 더
깊이 들여다볼 목적으로 2012년 6월 8일 북경 공항에 내렸다. 입국
절차를 마치고 나오니 이질녀가 마중을 나왔다. 여자지만 한국에
서 초등학교, 브라질에서 중학교, 중국에서 고등학교를 나와 북경
대학에 들어간 괴물이다.

중국에서 북경 출신이 아니면서 북경대학에 들어간 학생을 괴
물이라고 부른단다. 꿈이 외교관이라고 해서 『로마인 이야기』 한

질을 사주면서 줄리어스 시저처럼 살아가라고 했더니 고마워했다. 이질녀의 도움으로 21일 동안 머물 홈스테이에 짐을 풀고 신교어학원에 입학해서 중국어 기초과정에 들어갔다.

니하오로 시작하는 새로운 중국어 과정에 들어갔는데 힐끔 옆을 보니 같은 아파트 옆집 아줌마가 앉아 있었다. 세상은 좁다는 생각을 하며 학원을 마치고 함께 나와 시장을 누비며 생활언어로 중국어를 배우기 시작했다. 무료한 시간을 메우기 위하여 다음 날 기타학원에 가서 기타를 배우며 영사관 부인들을 만나 중국생활의 많은 이야기를 듣기도 했다.

기타 하나에 8만 원이기에 물가가 싸다고 생각했더니 저녁식사부터가 장난이 아니었다. 순수 부식비는 좀 싼 편인데 우리나라보다 질이 떨어지면서 전반적으로 비쌌다. 한 달 하숙비도 아침저녁만 주고 120만 원으로 서울과 별 차이가 없다. 10년 전 소문에 듣던 중국은 많이도 변해있었다.

북경의 교통신호는 엉망이다. 신호, 차, 사람 다 제각각이다. 대충만 지키고 사람과 차가 적절하게 조화를 이루는데 그런데도 충돌 없이 잘 어우러진다. 북경에 들어오는 차는 외곽에서 통제가 심하고, 북경에 차를 사려면 북경에 차를 확보하는 티켓값이 찻값과 동일하단다.

매일 오전에는 중국어학원에 가고 오후에는 여가시간을 이용해서 교민들을 만났다. 같은 민족이기에 금방 친해지면서 중국 역사와 삶의 모습들을 익히고 알아가는 데 흥미가 있었다.

그러던 어느 날 목사 한 분을 만났다. 점심식사를 함께하며 일요일 날 교회에 나와서 사람들도 사귀고 한국에서 하던 통일교육도 한 번 해보면 어떠냐고 해서 일요일 날 교회를 찾았다. 목사님이 목회시간을 20분 정도 줄이고 내게 40분이라는 시간을 할애해 주셨다.

이국땅에서 하는 통일교육이라 흥분도 되고 조심스러웠다. 중국의 목회는 3가지 조건이 있다는 사실을 나중에 알았다. 자국민이라야 하고, 허가 난 장소, 허가 난 시간대만 가능하단다. 토론 과정에서 조국을 떠나 이국땅에서 나름대로 열심히 살아가는 젊은이들과의 대화는 의미가 있었다.

모처럼 이종동생 집에 갔더니 4년 가까이 한 번도 보일러 대금을 내지 않았단다. 원래 집 주인이 보일러가 고장 난 집이라고 해서 고쳐달라고 했더니 왜 고쳐서 보일러 비용을 내느냐며 일부러 고장 내는 집도 있다면서 그냥 살면 된다고 해서 지금까지 무상으로 살고 있단다.

사회주의국가의 사고방식이 이런 건가 싶은 마음이다. 북경생활 21일 동안 많은 경험을 했다고는 할 수 없지만, 정주영 회장님이 했던 말 "너 해봤어? 안 해봤으면 이야기하지 마."라는 말이 생각난다. 난 중국생활권에 들어와 보았다는 데 의미를 둔다.

인류 최대의 건축물 만리장성

만리장성

중국의 3대 관광지는 걷는 북경, 보는 계림, 듣는 서안이라고 한다. 걷고 보는 관광을 위해 초등학교 동기들과 2013년 7월 4일 북경에 도착하여 케이블카로 만리장성을 올랐다. 2천여 년에 걸쳐 축조된 만리장성에 들어서니 '不到長城非好漢' 비석이 우리를 맞아준다. 만리장성에 한번 오르지 않고 어떻게 사나이라고 말할 수 있느냐는 모택동의 말이라고 한다. 하지만 내 귀에는 숱한 세월 동안 공사와 전쟁으로 죽은 젊은 원혼들의 비명이 들리는 것 같았다.

진시황제 같은 폭군이 없었다면 이런 위대한 문화유산이 탄생했을까? 목숨으로 쌓고 목숨으로 지켜온 이 만리장성이 없다면 현재와 미래에 누가 이 많은 외화를 중국에 가져다줄까? 좀 더 긴 안목으로 보면 폭군도 때로는 애국자가 될 수 있다는 생각을 했다.

다음 날은 민주화 운동의 중심지 천안문광장을 지나 세계 최대 황궁 자금성에 갔다. 중국인들의 스케일로 봐 만 칸도 넘었을 텐데 옥황상제가 만 칸 방에 사니 그보다 1칸을 줄여 22만 평에 9999칸으로 지었단다. 태자가 태어나 한 방에 하루씩만 묵더라도 28세가 된다는 계산이 나온다.

자금성은 문지방이 높다. 우리나라 귀신은 날아다니는데 중국의 귀신은 강시처럼 뛰어 다니니까 넘어오지 못하게 하려고 높게 했단다. 굴뚝이 없는 것은 자객으로부터 황제를 보호하기 위함이었다고 한다. 황제의 시중을 드는 태감은 궁녀의 옷을 벗겨 들여보내고 한 시간 안에 볼일을 보고 내보내야 한다. 옷을 벗겨 들여보내는 것은 흉기 소지 때문이고 한 시간은 황제의 건강 때문이란다. 이렇게 보면 황제의 사생활도 그리 자유롭지 못했다는 생각이 든다.

자금성 안에 당시의 보물들은 장개석이 대만으로 다 옮겨 놓았다 하니 다시 대만에 가서 여유롭게 중국의 문화를 살펴볼 작정이다.

고대와 현대가 공존하는 나라

2015년 3월 22일 인구밀도가 높아도 잘 사는 나라 대만에 내렸

예류지질공원

다. 3,000m 넘는 130개의 높은 산들이 우리나라로 들어오는 태풍을 막아준다니 산을 좋아하는 나는 한 번쯤 올라보고 싶었다.

대만 민주기념관은 장제스 총통을 기리는 전당이다. 장제스 서거 후 국민들이 뜻을 모아 완성한 건물로 1층은 장제스 생애와 관련된 유물이 전시되어 있고, 2층은 장제스 동상이 있는데 근위병이 부동자세로 지키고 있었다. 죽어서 곁을 지켜주는 사람이 있다. 이를 어떻게 봐야 할까.

세계에서 두 번째로 높은 101 금융센터빌딩 전망대는 엘리베이터로 60m 거리를 37초에 도달했다. 세계에서 가장 빠른 엘리베이터라고 한다. 89층에서 내려다본 도시의 아름다운 야경은 새로운 우주의 한 장면을 연출했다.

도교사찰인 용산사는 전쟁과 상업의 신 관제묘(삼국지의 관우를 모시는 사당)가 있고 점술의 거리로 알려져 있다. 관제묘 옆에 원로신군은 외로운 싱글들의 짝을 찾아주는 신이란다. 신 앞에 윷가락을 던져 점을 치는데 나도 호기심으로 던져 보았더니 음양으로 나타났다. 기분이 나쁘진 않아 혼자 속으로 웃다 보니 일행을 잃어버렸다. 시장골목을 누비다가 겨우 일행을 찾았다.

다음 날 작은 도시 화련에 도착했다. 여기에 있는 태로각 협곡은 타이완에서 네 번째로 지정된 국가공원이다. 웅장한 대리석 절벽은 타이완에서 가장 경이롭고 험한 절경이다. 이곳을 지나는 도로 공사는 어렵고 힘들어 많은 희생자를 내면서 오랜 기간 난공사끝에 완공되었다고 한다. 자기들은 자랑스럽게 말하지만 자연 그대로 보존하였다면 얼마나 좋았을까 하는 아쉬움도 있었다.

여행 3일째는 내가 꿈꾸던 국립고궁박물관의 62만 점의 5천 년중국의 유물 중 전시된 작품을 둘러보았다. 역사가 함께 숨 쉬는유물에 담긴 일화는 더욱 호기심을 끌었다. 황제가 궁중생활이 따분할 때 비취석을 석공에게 주면 석공은 자기 솜씨를 마음껏 발휘해서 황제에게 올린다. 여기에 통과하면 출세길이 열린단다.

이런 문화로 쌀 한 톨에 글씨를 새겨, 그 안에 마주앉아 술을 마시는 장면을 조각한단다. 비취석 안에 몇 개의 공을 만들어 돌아가도록 한 공예는 현대 기술을 총동원해도 흉내 못 내는 예술품이었다. 전쟁 중에 이런 유물들은 갖고 나온 장제스 안목이 놀라울 따름이다. 고궁박물관에 보관된 유물은 3-5년 주기로 교체하는데 박물관 문을 열려면 각 부처의 장이 모두 같은 시간에 와서 동시에 키를 꼽아야 열리도록 설계되었다니 그 당시 얼마나 기발한 아이디어인가. 장제스는 김구에게 간디를 뛰어넘는 지도자라 칭찬하며 한국의 독립을 적극 지원해 주었다. 그런데 우리는 중국과 국교정상화를 위해 그들과 등을 돌리게 되었으니 마냥 씁쓸하다.

여름의 나라
동남아

소꿉친구와 함께한 태국

김천시 증산면 증산초등학교 1959년도 졸업생 43명은 졸업 후 35년 세월이 흐른 지천명의 나이로 1994년 4월에 첫 모임을 가졌었다. 실로 오랜만에 만난 소꿉친구들은 이산가족을 만난 것처럼 얼싸안았다. 얼굴에 세월의 흔적이 거미줄처럼 널려있는 주름이 오히려 정겨웠다.

그날 이후 우린 1년에 한 번씩 모여서 정담을 나누며 해외여행을 가기로 결정했다. 그러자 서울에 사는 친구가 천만 원을 총무에게 송금했다. 그는 늦가을 흥부네 초가지붕에 열린 박처럼 커다란 웃음을 짓던 웅숭깊은 시골촌놈이었다. 서울 동대문 시장에서 비단 장사로 돈은 좀 벌었다는 소문을 듣긴 했지만 뜻밖이었다.

환갑 기념 소꿉친구와 함께

　그 친구 덕에 2006년 5월 8일 어버이날을 맞아 우리 일행 15명
은 태국으로 향했다. 여행 첫날 호랑이 공원에서 조련사의 도움으
로 호랑이와 함께 기념사진을 찍고 다음 날은 논녹빌리지 동물원
으로 갔다. 논녹은 할머니가 젊어서부터 모은 재산을 아들에게 물
려주지 않고 정부에 희사해 만들어진 동물원이다.

　여자지만 앞을 내다본 심미안에 박수를 보냈다. 동물원에서 나
와 산호섬에서 스피드 보트를 타고 섬 일주를 하면서 새로운 이국
풍경의 다채로운 관광을 하였다. 3일째는 방콕의 왕궁, 라마 1세에
의하여 세워진 에머랄드 사원을 보았다. 장엄하면서도 화려한 장
식이 타이 전통양식을 잘 나타내고 있었다. 많은 사람들이 부처님
앞에 엎드려 소원을 비는 모습을 보면서, 종교가 나약한 인간에게
미치는 영향을 새삼 생각해 보았다.

이번에 함께한 여행길이 각자의 삶을 뒤돌아보는 계기가 되었고, 세속에 때가 덜 묻은 소꿉친구들이 다른 어떤 친구들보다도 더 소중하다는 생각을 갖게 되었다. 이렇게 배려해 준 죽마고우 비단 장수 친구에게 무한한 감사를 보낸다.

자아를 찾아서

어느덧 내 나이가 마음 내키는 대로 해도 그름이 없다는 종심이다. 세월을 잡아두고 싶은 마음으로 2019년 7월 1일 미얀마 담마마마까 선원에서 위빠사나 명상에 참가했다. 부처님이 하시던 명상을 위해 한 달 머물 방을 배정받았다.

새벽시간 수행에 들어갔다. 한 시간 앉아 있으니 온몸이 뒤틀리고 다리에 쥐가 났다. 수행을 하러 왔는데 뭐가 뭔지 잘 모르겠다. 스님의 설명을 들어보면 불교는 깨달음이고 깨달음으로 가려면 고苦를 소멸해야 한단다.

그렇게 하려면 스스로 영지(靈智: 신령스럽고 기묘한 지혜 집중력+세밀함)를 터득해야 하는데 그 길이 바로 좌선坐禪, 와선臥禪, 행선行禪이란다. 위(여러 생각) 빠사나(관찰) 수행을 하면 이곳에서는 무화가 열반에 든다고 하는데 뭐가 뭔지 잘 모르겠다. 목욕하고 아무 생각 없이 누워있으니 이것을 무화가 열반의 경지로 착각하기도 했다.

미얀마에는 스님이 최고다. 나라 서열도 스님-영부인-대통령

담마마마까 선원에서 수행

순이란다. 이곳 불교는 남방불교로 부처님의 순수성을 아직까지 잘 지키고 있는 것 같다. 반대로 우리나라는 북방불교로 중국을 통해서 들어오면서 도교와 중국 문화가 많이 가미되었다고 한다.

오후 시간은 착하게 생긴 비구니 스님을 만났다. 이곳에서 비구니 스님과 대화는 금물인데 2시간을 거닐며 "가면 다시 올 거냐."고 물었다. 나는 동적인 삶을 좋아하는 데다가 가슴에 와닿지도 않아서 "안 온다."라고 솔직하게 말했다. 그랬더니 스님은 처사님은 전생에 불교와 인연이 있어 보인다며 "또 오실 것 같아요."라고 했다.

그러면서 스님은 "인생은 맷돌과도 같아 하나는 환경이고, 또 하나는 의지라야 콩이 잘 갈린다."라고 했다. 아리송하지만 뭔가 감이 잡히는 것 같았다.

오후 법문을 듣고 나오는데 강원도 춘천에서 온 비구스님과 마주쳤다. 반가워 다가가며 "힘드시지 않으세요?" 하고 물었다. 스님은 말이 통하지 않아 힘들지만 참고 있다고 했다. 나도 힘들었지만 일정의 반이 지나니 마음이 한결 가벼웠다. 오늘 아침에는 통역 없이 스님 강의를 한 시간 듣는데 허리가 뒤틀려 죽을 지경이었다. 그래도 미얀마 수행자들은 요지부동이다.

아침을 먹고 전북 장수에서 온 비구스님을 만났다. 나는 위빠사나 수행 중에서 과거도 잊고, 미래도 잊고, 오직 사띠를 열심히 하면 무화가 열반에 든다고 하는데 이해가 잘 안 되어 스님께 물었다.

스님은 간단한 예를 들어 설명해 주셨다. "한강은 예나 지금이나 한강이라 부르지만 어제의 한강이 아니지요. 지금 처사님도 10년 전의 처사님이 아닙니다."라고 말하며 지난 세월은 다 잊으라고 했다. 그러면서 시간 나거든 부처님의 제자 '인도 앙굴리말라'라는 사람의 가르침을 공부해 보라고 했다. 이해가 조금 되는 것 같기도 하고 안 되는 것 같기도 했다. 하여튼 지난 세월을 잊어버려도 된다는 말은 나에게 새로운 단어로 들려왔다.

보시는 무주상보시無主相布施를 줄여서 쓴 말로 주는 사람도 없고, 받는 사람도 없는 사고방식이라고 한다. 이곳에서 내가 어떻게 보시를 해야 하느냐고 물었더니 공식적으로 내는 돈은 하나도 없단다. 다만 큰스님 법문할 때 성의껏 보시하고 식사 대금 형식으로 30불 정도라고 했다. 따지고 보면 절차만 어렵게 해놓은 것 같다.

나는 비구니스님께 보시와 도움 받기에 대해 물었다. 수행을 많이 하면 수행공덕으로 감로수가 쌓이고, 도움을 받으면 그 감로수가 줄어든다고 했다. 음미해 볼 만한 말이었다.

계약된 한 달 마지막 날 떠난다고 샤야도 스님께 인사를 드렸더니 무화가 열반에 들도록 꾸준히 수행하라며 쌀 10kg을 선물로 주셨다. 그동안 수행을 위해 넉넉하게 베풀어주신 담마마마까 선원 여러분께 감사드린다.

숨겨진
보물을 찾아서

암각화의 나라 아제르바이잔

　2019년 9월 15일, 내 여행 목표가 70개국이었는데 70개국 여행 마지막 코스로 아제르바이잔, 그루지야, 아르메니아 3국을 결정했다. 아제르바이잔은 원유와 가스가 발견되면서 소련에 약탈당했다가 연방제가 해체되면서 독립된 나라다. 암각화가 유명하고, 기원전부터 이슬람교를 국교로 하면서 지구상의 오랜 문명의 발상지이자 불의 종교인 조로아스타교 발상지이기도 하다.

　고부스탄 암각화는 바쿠 남쪽 65㎞지점에 있다. 4만여 년 전 이 지역 사람들이 풍요를 기원하던 당시의 생활상들을 돌에다 새겨 놓은 것이라 한다. 10여 명이 손을 잡고 춤을 추는 모습과 동물 암각화가 많은 것으로 보아 '축제와 사냥' 에 대한 일상적인 삶을 조각한 것으로 여겨진다.

조로아스타교는 BC 6세기경 페르시아에서 탄생한 종교로 유일신 사상, 사후를 믿는 신앙, 심판 사상을 존중하는 불의 종교다. 머드 화산에서 뿜어 나오는 광경을 보기 위해 산에 올랐다. 뽀르륵 소리를 내면서 회색의 진흙이 솟아오른다.

이스라엘에서는 이 머드를 이용해 화장품을 만들기도 하고, 관광객들에게 몸에 바르는 체험으로 관광수입원이 된단다. 우리나라도 서해안의 머드를 개발하면 좋은 자원이 될 텐데 하는 생각이 든다.

신들의 유적지 그루지야

그루지야의 종교는 조지아정교와 이슬람교이며, 수도 트빌리시는 러시아의 침략 통로이자 자원수탈의 관문이었다. 아이러니하게도 이 나라 고리지역은 소련 당서기 '스탈린'이 태어난 곳이다.

고리박물관에는 스탈린이 타고 다니던 열차가 전시되어 있다. 예나 지금이나 독재자는 비행기보다 열차가 안전하다고 생각하는가 보다. 역사가의 시각 차이는 있겠지만 독재자도 고향에서는 대접을 받는다는 생각을 버릴 수 없었다.

신들의 유적지로 불리는 우프리티시케 동굴타운은 암반을 뚫어 만든 마을로 BC 10세기 이전부터 만들어졌다고 한다. 이곳에는 성당, 극장, 집회장소, 지배자의 거처가 마련되어 있다. 전쟁이 끝난 지 2년이나 지났지만 아직까지 긴장은 풀리지 않고 있다. 역사적으로 강대국의 침략을 받아 혼란스러운 인종분포를 보이고 있단다.

아르메니아

아르메니아는 인구 4백만, 종교는 아르메니아 가톨릭교와 러시아 정교이고 수천 년간 오스만튀르크족의 지배를 받았다. 그들에게 수차례 대량 학살을 당하거나 추방되어 천만 명 이상이 유랑민으로 세계에 흩어져 사는 기구한 민족이다.

기원전부터 문자를 가지고 있었고 기독교를 받아들여 고난을 이겨내면서 뛰어난 재능을 발휘하고 있단다. 단결력 또한 남달라서 유대인처럼 세계 각지에서 성공하여 조국을 돕고 있단다. 세계 유일무이한 언어 박물관을 가지고 있으며, 마테나다란에 있는 박물관에는 2만 점의 필사본과 3만여 점의 고문서가 보관되어 있었다.

국토의 90%가 해발고도 1,000m 이상이고 평균고도도 1,800m 이지만 고대문명 발상지로 BC 9~6세기에 민족이 성립되었다. 특히 아르메니아 학살추모 기념관에는 꺼지지 않는 불이 있다. 추모관을 찾은 사람들은 불 주위를 돌며 추모의 노래를 부르기에 우리도 덩달아 따라했다.

아르메니아 문자 창시자 마시포즈 동상은 세종대왕과 많이 닮았다. 해발 1,900m 아르메니아 영혼이 담긴 세반 호숫가에 있는 세반수도원 가는 굽이굽이 고갯길은 물과 숲과 고개가 조화를 이룬 자연미가 인상적이다.

이 세 나라의 역사, 언어, 종교, 문화를 어떻게 지키고 이어져 가는가를 돌아보면서 내 삶의 새로운 보폭을 넓혀간다.

4
액자 속에
나를 담는다

우리는 노래 못하는 사람을 음치라 부른다. 그리고 길눈이 어두운 사람을 곧잘 길치라고 한다. 아마 음치라는 말과 비유해서 그렇게 만든 말로 알고 있다.

어쨌거나 우리가 알기에 길치는 좀 아둔한, 나사가 헐거운 사람으로 보는 경향이 있다. 그런데 사람에 따라서는 다른 시각으로 보는 사람이 있다. 그쪽 방향에 서점이 있다는 걸 아는 사람은 길치뿐이라는 이야기다. 자기가 길치로 그쪽을 샅샅이 헤맸기 때문에 부근 정황을 더 정확하게 더 많이 알고 있다는 것이다.

콜럼버스가 아메리카 신대륙을 발견한 것은 그가 길치였기에 얻을 수 있었던 수확이라고 말하는 사람들이 있다.

대견사大見寺에서
세상을 내려다보다

홍사단 지원으로 국제관광시민대학에서 비슬산에 있는 대견사를 찾았다. 대견사는 일제강점기 때 조선총독부에 의해 일본의 기를 꺾는다는 이유로 강제 폐사된 후 2014년에 달성군에 의해 중창되어 민족문화유산으로 재현하고 민족정기를 바로 세우고 있다.

비슬산은 단순한 산이라기보다 고려의 일연스님이 젊은 시절 참선에 몰입하면서 『삼국유사』 집필을 구상한 수행처이다. 시내의 명당은 성당이 다 자리하고 있고, 산에 명당은 절이 다 자리하고 있다는 말이 있다.

천하의 명당이 이곳이 아닌가 생각된다. 일연스님이 이곳을 자리하기까지 얼마나 많은 곳을 다녔을까, 팔도를 다 다녀 봐도 이곳만큼 좋은 장소가 없었을 것이다.

내 나름대로 생각해 봐도 첫째 이곳의 공기는 맑고 청정하다.

비슬산 참꽃 군락지

둘째 단일 나무로 이만큼 넓은 참꽃단지의 아름다움은 어디에도
없다. 마지막으로 대견사에서 내려다본 낙동강의 풍광은 아름답기
도 하지만 탁 트인 시야가 답답한 가슴을 확 열어준다. 낙동강 너
머로는 가야산과 지리산의 연봉이 아슴하게 보인다.

전설에 의하면 신라시대 이 골짜기에 관기와 도성이 살았다고
한다. 관기는 남쪽에 도성은 북쪽에 살았는데 두 사람 다 부처가
되겠다는 일념으로 불도에 정진하고 있었다. 서로 10여 리나 떨어
져 있었다. 두 사람은 친해서 자주 왕래를 했는데, 『삼국유사』에서
그 찾아가는 모습을 "구름을 헤치고 달빛에 휘파람을 불며 찾아갔
다."고 적고 있다.

도성이 관기를 찾으려 하면 산에 모든 나무가 남으로 굽어 흡사
관기를 맞으려는 듯했으며, 관기가 도성을 찾으려 하면 반대로 나

무들이 일제히 북으로 쓰러졌다는 것이다. 두 사람의 그리움은 일반 속인들의 그리움과는 다른 부처님을 숭상하는 도반이라는 점에서 더 각별했을까.

야사에 나오는 이야기에 의하면 어느 날 관기가 살고 있는 오두막집에 예쁜 여자가 찾아왔다. 해가 저물었으니 하룻밤 재워 달라고 했다. 관기는 야심한 밤에 부처를 모시는 몸으로 재워 줄 수가 없다며 거절한다. 여인이 애원하다가 이 근방에 또 다른 집이 있느냐고 물어 북쪽 기슭에 도성이라는 친구가 살고 있으니 거기를 한번 가보라고 하고는 문을 닫는다.

여인은 어려운 밤길을 재촉하여 도성이 살고 있는 움막에 도착했다. 도성은 한밤중에 찾아온 여인을 관기와는 달리 반갑게 맞아주었다. 여인이 하룻밤 재워달라고 하자 도성은 날이 저물었으니 어서 들어오라고 쉽게 허락한다. 밤이 이슥하자 여인이 피곤하니 목욕물을 데워 목욕을 시켜 달라고 했던 모양이다.

도성은 물을 데워 여인을 정성껏 깨끗이 목욕을 시켜준다. 그랬더니 이 여인이 부처가 되었다. 그러자 이번엔 도성이 부처에게 자신도 부처가 되도록 도와 달라고 부탁한다. 부처가 자신이 목욕하고 남은 물로 목욕을 하라고 한다. 도성이 남은 물로 목욕을 하자 도성도 이윽고 부처가 되었다.

이튿날 관기는 어젯밤 여인이 도성의 움막으로 갔는데 내려오지 않았으니 도성이 틀림없이 파계되었다는 생각을 하면서 아침 일찍 도성을 찾았다. 뜻밖에 도성과 여인은 부처가 되어있었다. 그

대견사 석탑

제야 관기는 자신의 생각이 부족했다는 것을 깨닫고 도성 부처에게 자신의 생각이 부족했다는 것을 사과하고 자신도 부처가 되도록 도와달라고 청한다.

　도성은 자신이 목욕하고 남은 물이 조금 있으니 목욕을 하라고 한다. 관기는 남은 물로 목욕을 하자 그 역시 부처가 되었는데 그 부처가 관세음보살이라고 전한다.

　물이 부족해서 얼굴을 다 씻지 못해 관세음보살은 얼굴이 희끗희끗하다는 전설이 전해내려 오기도 한다.

　이 이야기를 알고 절에 가면 관세음보살을 유심히 보는 경향이 있는데 공교롭게도 관세음보살상이 얼굴이 희끗희끗해서 친구한테 이 이야기를 해 주었더니 친구가 우습다고 깔깔거렸다. 앞으로 살면서 나를 좀 더 존경하고 좋게 보라고 했더니 그날 이후 그 친구는 나를 만날 때마다 존경한다고 한다.

우리가 서로 살아가면서 상대를 낮추어 보는 경우가 많은데 이 이야기도 자신보다 상대를 높여줌으로써 자신의 인격도 올라간다는 사실을 일깨워주는 일화가 되는 것 같다.

앞으로 살아가면서 내 주위의 모든 사람들을 나보다 더 좋은 사람으로 생각하고 존경하면서 살아야 하겠다는 생각을 했다. 대구홍사단의 프로그램에 감사하고 함께한 국제관광시민대학 여러분들께 고맙다는 말을 전한다.

울타리

지금 내가 살고 있는 래미안 아파트에는 울타리가 없다. 2, 30cm 경계 표시 정도의 난간이 대신하고 있다. 곳에 따라서는 풀에 묻혀 그나마 잘 보이지 않는 곳도 있다. 그렇다 보니 정문은 자동차에게만 필요했지 주민들에게는 필요 없는 존재가 됐다. 사통팔달 트였으니까 어느 곳으로든 마음 내키는 대로 드나들면 된다. 어찌 보면 편리하고, 어찌 보면 질서가 없는 것같이도 뵌다.

울타리가 아파트 건물 1, 2층을 완전히 가리고 있는 이웃 아파트와 비교하면 휑한 느낌을 받는 것도 사실이다. 저쪽은 모두 감추고 있는데 나만 온통 까발려놓아 불공정, 피해의식 같은 것도 괜히 든다. 사실 그런 것과는 무관한데도 말이다.

울타리는 네 땅과 내 땅을 구분 짓는 경계표시 차원이 대부분이다. 말뚝을 박고 새끼줄을 둘러놓으면 그게 울타리다. 어렸을 때부터 그렇게 알고 자랐다. 일테면 논두렁 밭두렁과 같은 개념이다.

우리들 원초적 터전인 시골집들을 돌아보면 그게 잘 드러난다. 토담, 돌담이 집을 에워싸고 있지만 나지막해 그 너머로 얼마든지 안을 들여다볼 수도 있고, 그 너머로 이야기며 음식 보시기들이 자유롭게 넘나들었다. 마음만 먹으면 언제든지 타넘을 수도 있을 만큼 하찮은 것들이었다.

아프리카 여행을 하면서 멀리 골프장 깃대 같은 게 하나 서 있기에 저게 뭐냐고 물었더니 짐바브웨와 잠비아의 국경표시라 해서 한 컷 카메라에 담으면서 우리 남북한의 DMZ와 너무나 대조적이구나 하는 생각을 했다.

산업사회로 들어서면서 빈부와 신분의 층이 생기자 울타리가 담장으로 모양새가 바뀌었다. 가진 것을 몰래 감추고 보호하자니 어쩔 수 없게 된 것이다. 그게 변질되어 담으로, 벽으로, 성으로 굳게, 높게 솟아 마침내는 으리으리하고 위협적인 성곽 수준으로까지 등장하게 된 것이다.

자연히 부잣집이나 관료들 집 담장이 높을 수밖에 없다. 마침내는 있으나 마나였던 문까지 단단히 만들어 주인이 열어줘야만 들어올 수 있게 되었다.

그뿐만이 아니다. 담을 높이다가 그래도 불안해 창살을 박기도 하고 철조망을 둘러치기도 한다. 요즘은 감시 카메라까지 달아 철저하게 보호한다.

건물도 마찬가지다. 지위가 높고 비밀이 많은 곳일수록 벽이 높고, 문이 굳게 잠겨있고 경비가 철저해 좀처럼 나들기가 힘들다. 따지고 보면 그럴 이유가 하나도 없는데도 그렇다. 심지어는 같은 건물 안에서도 부서에 따라 자기네들 하는 일을 남이 못 보게 칸막이를 만들어놓거나 따로 방을 내놓고 근무하는 사람들이 있다. 그곳은 보나마나 울타리의 도움을 받아 은밀한 일을 만들거나 수행하는 곳이다.

언제부터인가 울타리는 본래의 기능인 단순한 구분의 범위를 넘어 접근금지, 안전보호, 비밀유지, 자타구분, 차등표시 등 여러 가지 기능을 갖게 되었다. 비중에 따라 모양도 각양각색이다. 작게는 너와 나, 이웃 간의 경계이지만 크게는 155마일 휴전선이며 죽의장막이고, 철의장막이 모두 그런 것 아니었던가.

담, 벽, 성을 포함한 모든 울타리는 낮으면 낮을수록 좋고 아주 없다면 그것보다 더 좋은 것이 없다. 그건 문도 마찬가지다. 울타리가 없는데 문이 필요할 턱이 없다.

내 집에 경사스런 일이 들면 우리는 그날 하루만이라도 문을 활짝 열어 지나가는 거지까지 불러들여 음식을 대접했다. 그게 미덕이었다. 좋은 날 심금을 털어놓고 다 함께 기쁨을 나누자는 생각에서다.

나라에 경사가 들면 무상출입하는 곳을 많이 만들고 심지어는 옥문까지 열어 가벼운 범죄자들을 풀어놓는 것도 같은 발상이다. 벽을 없앤다는 건 벽 때문에 대화와 내왕이 어려웠던 사람들을 같이 만나 어우르며 지내겠다는 교류와 친화의 표시이다.

요즘 우리 주변에 관공서를 비롯한 공공기관 등의 울타리를 허무는 곳이 조금씩 늘어나고 있다. 도롯가의 가정집도 울타리를 없애는 곳이 더러 있는 모양이다. 어우러져 함께 살아가자는 취지라고 본다. 용기는 전쟁에서만 발산되는 게 아니다. 이런 것도 용기다.

보이는 울타리를 없애기 위해서는 선행되어야 할 게 하나 있다. 바로 마음속 울타리다. 우리 사회를 혼탁하게 만들고 있는 불공정, 비리, 부조리, 음모, 부정, 불화 등 각종 시비와 논쟁의 뿌리는 모두 저마다 나만의 울타리를 가슴 속에 쌓아놓고 있기 때문이다.

이 울타리를 없애자고 너도나도 주장은 많이 하고 있지만 그게 좀처럼 어려운 모양이다. 아니 어렵다. 내가 손해를 보는데, 내가 잘났는데, 이렇게 너와 내가 차별이 없는데 어떻게 그것을 허물 수 있느냐다. 누구보다 우선 내가 그 위치에 있으면 도리질부터 먼저 나오는데 어쩌랴.

열린 토론, 열린 음악회, 열린 장터, 심지어는 정치판에 열린 당까지 만들어 야단법석을 만드는 게 모두 그런 것 아니겠는가. 동서남북, 상하좌우의 계층, 학맥, 인맥, 지역감정으로 이름 붙여진 것들이 모두 울타리의 벽이 너무 높다.

저마다 입만 열었지 가슴은 아직 웅크리고 있다. 요즘 화두가 되고 있는 소통이 그래서 어렵다. 울타리를 높게 쌓아두고선 소통이 될 수가 없다.

죽의장막이란 울타리를 걷어낸 이웃 중국을 한번 보자. 변해도 너무 변하고 있다. 그의 성장과 발전에 세계가 놀라고, 세계가 그의 입김에, 눈치 보기에 바쁘다.

이웃사촌이 그냥 생긴 게 아니다. 마음속에 울타리를 허물었기 때문이다. 이웃과 한 뼘 담을 사이에 두고 살면서도 저쪽에 누가 사는지도 모르는 게 요즘 아파트생활 속의 우리들 이웃이다. 콘크리트 벽이 사시장철 사방을 막고 있는데 거기에 무슨 교류가 생길 것이며 소통을 바랄 것인가.

아파트 단지의 울타리를 만들어야 하나, 없애야 하나를 두고 주민들 사이에도 말이 없었던 건 아니다. 사람들이 아파트 한가운데를 가로 질러 산으로 강으로 내왕하는 행위, 주변 애완동물들의 방뇨방치, 그밖에도 주민들끼리 하는 각종 행사의 노출 등, 많은 것들이 있지만 또 달리 생각하면 확 트인 시야, 넓은 공간을 자유롭게 이용한다는 보이지 않는 이점도 없는 건 아니다. 드러내놓고 생활해 보니 이제 다시 울타리를 치고는 답답해서 못 살 것 같다.

아파트의 울타리, 허물어 놓고 보니 그것보다 시원한 게 없고, 잘했다 싶은 게 없다. 무시로 찾아드는 바람이며 달빛이 참으로 고맙다. 울타리 저쪽의 답답하던 세상이, 멀리 있던 사람들이 새삼스레 우리들 이웃으로, 그리고 내가 그들의 이웃으로 새로운 자리를 트고 있는데, 여태까지 그걸 모르고 지냈던 게 안타깝고 송구스럽다.

'흠'
이야기

흠은 결점이다. 사람한테 흠은 흉도 되고 허물도 된다. 세상에 흠 없는 사람은 없다. "털어 먼지 안 나는 사람이 어디 있느냐."가 잘 설명해 준다. '팔방미인'이니, '두루춘풍'이니, 또는 '법 없어도 살 사람'이니 해서 흠을 적당히 묻어주는 경우도 있지만, 그 정도면 원만하고 양호하다는 뜻이지 완전무결하다는 것은 아니다. 흠이 없다는 것과는 근본적으로 다르다.

흠은 사람한테만 있는 것이 아니라 구조물에도, 과일에도, 법 조문 같은 데도 있다. 세상 어디에도 완전한 것은 없다. 흠은 생태적인 것도 있지만 무관심 같은 주의력 부족에서 생긴다. 경우에 따라서는 고의적으로 만들어내는 흠도 있다. 「맹 진사 댁 경사」에 보면 그런 장면이 나온다. 자기가 원하는 사람과 결혼하기 위해 주인공은 절름발이 행세로 목적을 달성한다.

흠은 보는 사람의 각도와 입장에 따라 다르게 나타나기도 한다. A한테는 장점이 B한테는 단점이 되는 경우다. 쌍꺼풀눈을 어여쁘게 보는 사람이 있는가 하면 싫어하는 사람도 있다는 말이다. 서구적 미인이니, 동양적 미인이니 하는 게 모두 그런 데서 나온다. '제 눈에 안경'이란 말이다.

"흠이란 만들면 된다."는 무서운 논리도 있다. 옛날 어떤 독재 군주는 자기가 마음만 먹으면 누구든 배신자로 몰아 올가미를 씌웠다. 한 사람이 "나는 나를 낳아준 부모님을 가장 존경한다."는 말을 했다가 "군주국가에서 군왕이 있는데 어떻게 부모가 존경의 대상이 될 수 있느냐."고 물어 엄벌에 처했다고 한다. 이현령비현령으로 흠을 만들어 세상을 혼란스럽게 만든 예다.

수라상 올리는 궁녀들의 입성에서 발견된 손목시계는 사극을 망치는 흠이다. 황산벌 싸움터에 멀리 보이는 전신주라든지 자동차바퀴자국도 마찬가지다. 그런 걸 우리는 '옥에 티'라고도 부른다. 흠이 안타깝다는 말이다.

흠을 찾아내는 걸 생업으로 하는 사람도 있다. 위조지폐 감별사, 병아리 감별사, 금은보석 감별사 등등, 이들은 바로 흠이 먹여 살리는 사람들이다.

누구든, 어디에든 흠이 있으면 감추려고 노력한다. 그건 생존 본능이다. 활동하는데 약점이 될 수 있기 때문이다. 상품으로는 가치가 떨어지고 인격에는 품성이 손상된다. 화장은 아름답게 꾸미기 위한 치장 이전에 자신의 흠을 감추려는 본능의 발동이다. 특히

미를 추구하는 곳에서의 흠은 생명과도 직결된다. 반지의 탄생이 손가락 사이의 흠을 감추기 위해서 만들었다는 이야기가 있다.

흠이라고 해서 꼭 부정적으로 작용하는 것만은 아니다. "B에도 곳곳에 불안한 표현이 많다. 작품의 완성도로 본다면 A 쪽에다 점수를 줘 뽑아야 하겠지만 우리가 굳이 B를 취한 건 B의 미완이 A의 완성보다 실험정신에 더 무게를…." 신춘문예의 당선작을 뽑은 어느 작가의 선후평이다. 그 사람은 당장의 흠을 장래의 보석으로 본 것이다. 말하자면 흠을 내일의 싹수로 본다는 이야기다.

우표 수집가들이 잘못 인쇄된 우표에다 고가의 가치를 두는 경우도 비슷하다. 정상적인 생각으로는 이해하기가 좀처럼 힘든 발상이다. 캐고 들면 그건 불량품이다. 심한 경우 우표로서의 기능도 못 한다. 그럼에도 그들은 그런 우표를 귀금속 취급하듯 특별히 관리한다.

효빈效嚬이란 말이 그렇다. 옛날 중국에 서시西施라는 이름난 미녀가 있었다. 그녀한테는 가슴앓이 지병이 있어 외출할 땐 그 고통을 참느라 항상 눈을 찡그리고 다녔다. 그런데 그게 아름다움인줄 알고 동네 여인네들은 모두 그녀의 흉내를 냈다고 한다. 효빈의 뜻은 무턱대고 좇아가는 꼴불견을 말하는 것이지만, 그 밑바닥에는 허물도 아름다움으로 보는 착시현상이 자리 잡고 있는 것이다.

우리는 네 잎 클로버를 행운의 상징으로 받아들인다. 한 식물학자의 말에 의하면 클로버의 네 잎은 비정상적 태생이라고 한다. 사람으로 치면 육손이와 같다는 것이다. 그런데 우리는 그런 일종의 불구적 변이를 희귀하다는 이유로 거기에다 후한 점수를 주는 것이다. 흠을 하나의 가치로 받아들인 대표적 예다. 백치미白痴美라는 말이 왜 생겨났는지 이참에 한번 음미해 보자.

어떤 전자회사에서 자기네 밥솥 광고에 지각생이라는 걸 내세워 선전한 일이 있었다. 지각생은 누가 뭐래도 흠이다. 그런데 그들은 타제품보다 완전무결한 물건을 만드느라고 꼼꼼하게 매달리다 보니 후발주자가 될 수밖에 없었다며 자기네들의 흠을 교묘하게 역이용한다.

사람이든, 물건이든 한번 호를 차고 보면 그들한테는 결점까지도 위대하고 멋있어 보이는 경우가 있다. 레오나르도 다빈치의 그림 '모나리자'에는 어처구니없게도 눈썹이 빠져있다. 초상화에서 눈썹이 없다는 건 치명적 결함이다. 그런데 왜 그런 결점에도 불구하고 그 그림이 어떻게 불후의 명작으로 명성을 날리는 걸까. 참으로 아리송한 일이다.

한강대교에서 승용차 한 대가 난간을 들이받고 추락을 했다. 연락을 받은 구조대원들이 곧 출동해서 구조작업에 들어갔다. 박살난 택시는 물에 가라앉았으나 타고 있었던 두 사람은 가벼운 상처만 입었을 뿐 모두 무사했다. 이날 구조작업에 참여했던 대원들이 이구동성으로 이런 말을 했다고 전한다. 그들이 차 문을 제대로 채웠더라면, 그리고 그들이 안전벨트를 제대로 매고 있었더라면 모두 사망했을 것이라고. 흠이 그 사람들을 살렸다는 것이다. 언젠가 신문에 난 이야기다. 필요악으로서의 흠을 한번 생각해 본다. 흠이라고 해서 그게 다 흠은 아닌 것이다.

우아하게 꾸민 여인의 매무새에서 타진 실밥 사이로 보이는 속옷은, 실수로서의 흠을 보는 게 아니라 사람의 냄새를 맡을 수 있다는 경이로움으로 우리를 아슬아슬하게 만든다. 어머니가 과수원에 일 나갔다가 얻어온 바구니 속 과일에 생긴 흠은 이웃을 정겹게, 세상을 훈훈하게 만든다.

이탈리아 피사성당의 사탑斜塔은, 지반의 부동침하로 해마다 조금씩 기울어지고 있다는 그 흠 때문에, 많은 사람들로부터 불가사의의 대상으로, 그 고귀함의 명성을 더 보태고 있다. 새침데기 여인네들은 멀쩡한 입술 가장자리에 괜히 태생에 없는 까만 점 흠을 하나 만들어 뭇 사람들의 반응을 노린다.

한번은 화원교도소에서 조선왕조 500백 년 역사 강의를 한번 해 보라고 하기에 대답을 해 놓고 나니 마음의 부담이 왔다. 역사를 전공하지도 않았고, 그저 재미 삼아 조선왕조 관련 책을 몇 권 정도 읽어본 것밖에 없었다.

그러나 이왕지사 대답을 했으니 열심히 해 보자는 마음으로 조선왕조에 관한 책을 모조리 구입했다. 주로 재미나는 야사野史 쪽으로 집중해서 읽고 프레젠테이션화해서 2017~18년까지 수용자 전원을 대상으로 강의를 했다. 지금 생각해 보면 무식이 용감했다는 생각이 든다. 나는 그렇게 해서 잘 몰랐던 조선왕조 역사를 알게 되었다.

나의 흠은 아무데나 덤벙대는 것이다. 새로운 일이라면 호기심이 발동하여 물불을 가리지 않는다. 그래서 때로는 시간과 돈 낭비는 물론, 스트레스도 많이 받는다. 친구 가운데 한 사람이 나보고 이젠 나이도 있으니 조용히 살라고 주문하지만 나는 아랑곳하지 않고 요즘도 여전히 다른 세상에 손을 내밀며 내 스타일대로 살아간다.

치명에 가까운 힘든 상처를 가진 조개만이 진주를 품을 수 있다는 것은 흠이 만들어준 우연한 조화만은 아닐 것이다.

계단을
오르며

　나는 하루에도 여러 번, 많은 계단을 오르내린다. 아파트에 살다가 보니 집을 나오면 벌써 현관에서 계단이 기다리고 있고, 나는 그 계단을 오르내려야만 출입이 가능하다.

　육교를 건너야 하고, 지하철을 타자면 또 계단을 오르내려야 한다. 일을 보기 위해 여기저기 건물을 들러도 마찬가지다. 그때마다 높고 낮은 계단을 이용해야만 드나들 수가 있다. 등산을 가도, 고궁을 들러도 계단 없는 곳이 잘 없다. 계단은 도처에 깔려있다.

　'물매가 급한 오르막을 편하게 가기 위해 층계로 만든 길'이 곧 계단이다. 다시 말해 아래위로 내왕을 하는 데는 계단이 곧 길이다. 승강기, 에스컬레이터 등 수단이 있지만 계단의 변형이다. 그만큼 계단은 우리들 일상생활 한가운데 놓인 통로다.

　높은 계단 앞에서는 누구 할 것 없이 멈칫하며 한 번씩 머뭇거리고 호흡을 가다듬는다. 편리하고 수월하게 생활하기 위한 수단의 하나로 만든 계단이기는 하지만 높은 곳을 오른다는 건 힘든 일이다. 가야 할까, 말아야 할까, 체력과 필요에 따라 잠시 고민 속을 헤매기도 한다. 몸이 불편한 장애인들에게는 말할 것도 없지만 성한 사람들에게도 어려운 계단은 곳곳에 있다.

내가 계단에서 고생한 건 설악산에서 울산바위를 오르는 등산길에 만들어 놓은 808계단이다. 그 계단이 왜 그렇게 높은지, 다 오른 뒤에도 몸서리가 날 정도였다. 젊은 시절이었는데도 그런 힘든 일이 없었다. 그야말로 곤욕이었다. 아마 계단이 없었더라면 처음부터 그런 곳은 쳐다보지 않았을 것이다. 그러나 쉬엄쉬엄 자탄을 해가면서 오른 곳이었지만 정상에 오른 뒤 세상을 내려다보는 동해의 절경은 그것을 다 보상하고도 남았다.

세상에는 구조물로서 유형의 계단만 있는 것이 아니라 무형의 계단도 많다. 그 무형의 계단이 바로 단계段階다. 계단을 역으로 쓰면 단계가 나온다.

초등학교를 나와 중등학교, 고등학교, 대학교를 가는 것도 하나의 계단이며, 이등병, 일등병에서 출발해서 상사가 되는 것도, 초급장교에서 장성이 되는 것도 모두 계단이다. 하루아침에 대장이 되는 곳은 이 세상 어디에도 없다.

직장에서도 대리가 있고, 과장이 있고, 부장이 있고 이사가 있다. 이것도 모두 하나의 계단이다. 사람들이 사는 조직이나 구성체에는 유형무형의 계단은 다 있기 마련이다. 학문을 성취하는 것도,

부귀영화를 쌓는 것도, 그들 앞에는 분명히 올라가야 하는 계단이 있다. 그 계단을 오르지 않고는 어느 것도 달성할 수가 없다. 오르면 오를수록 힘 든다는 계단의 생리는 여기서도 마찬가지다.

우리가 한 살, 두 살 나이를 먹는 것도 하나의 계단을 오르는 과정이다. 공자가 논어에서 열다섯 나이에 지학志學, 서른에 이립而立, 마흔은 불혹不惑, 쉰에 지천명知天命, 예순을 이순耳順, 일흔을 종심從心으로 표현해 놓은 것도 나이라는 계단에 따라 심성과 지혜의 성숙 과정을 염원해 놓은 말이다.

수신제가치국평천하修身齊家治國平天下도 하나의 계단이다. 수신이 없는 평천하는 모래성을 쌓는 것처럼 무모하고 힘 든다는 것을 말해주는 교훈이다. 참다운 지도자가 된다는 건 그만큼 힘든 계단을 올라본 사람만이 할 수 있는 일이다.

아이가 걸음마를 배워도, 농부가 벼 한 포기를 심어도, 자영업자들이 구멍가게 하나를 차려도 거기에는 순서가 있다. 그 순서, 그 절차가 모두 계단이다.

문밖에만 나오면 계단을 이용하지 않고는 갈 수 있는 곳이 잘 없듯, 실생활 속에서도 우리는 수많은 층계를 만들어놓고 그 계단을 오르내리고 있다. 계단을 밟지 않고는 살 수 없는 것이 현실이다.

바닥에서 정상을 바라보는 것은 아름답고 황홀하다. 꿈과 목표가 거기 있기 때문이다. 계단을 오르는 것은 희망의 문을 찾아 내딛는 걸음이다.

오르막이 있는 곳에 내리막이 있고, 내리막이 있으면 또 오르막이 있다. 올라가면 내려와야 하고 내려가면 또 올라가야 하는 것이 계단의 생태다. 영원한 오르막도, 영원한 내리막도 없다.

계단을 오르는 방법도 형형색색이다. 남산을 오르는 계단이나 용두산 계단을 찾아본 사람들은 잘 안다. 젊은 연인들은 가위, 바위, 보를 해가며 계단 하나하나를 즐겁게 오르는가 하면, 힘이 들어 지그재그로 갈지之자를 쓰며, 하나 둘 계단을 세며 오르는 사람, 지팡이나 계단 난간에 의지해 오르는 사람 등 여러 유형이다.

힘이 좋아 두세 칸씩 펄쩍펄쩍 뛰어오르는 사람이 있는가 하면 숨이 차서 연방 주저앉으며 쉬어가는 사람도 있다. 재주 있는 사람은 자전거로 오르기도 한다. 밤을 새워서라도 한사코 오르는 사람이 있는가 하면, 자기의 길이 아님을 알고 그만 중간에서 포기를 하고 내려가는 사람도 있다. 사람에 따라서는 아예 발걸음도 떼보지 않고 바라보기만 하다가 그 자리에서 돌아서는 사람도 있다. 바로 그게 계단이 만들어낸 현상이다.

나는 인생을 살면서 수많은 계단을 오르내리곤 했다. 수월하게 오른 계단도 있고, 미끄러져 실패한 계단도 있다. 성공한 계단이나 실패한 계단이나 내겐 다 소중한 자산이었다. 나는 앞으로도 더 많은 계단을 오르내리고 싶다. 그냥 오르내리는 것이 아니라 삶의 무게를 싣고 자신을 저울질해 가면서 오르고 싶다.

'천국의 계단'이란 말이 있다. 이는 천국보다도 계단에 더 무게 중심을 둔 말이다. 이상향을 찾는 길, 꿈을 실현하기 위해 떠나는 과정이 곧 그 계단을, 그 단계를 오르는 일이기 때문이다.

우리들 저마다 가슴속에 만들어 놓은 소망의 길이 그 '천국의 계단' 이 아니겠는가.

책갈피 속에서
다시 만난 사람

나이 탓일까, 요즘은 이상하게도 지나온 날들을 돌아보며 추억을 뒤적거리며 보내는 시간이 잦다.

일흔 나이를 갓 넘겼을 때까지만 해도 내일은 뭘 할까 해서 5년 뒤, 10년 뒤를 내다보며 백세시대를 추구하는 사람들한테 편승, 앞만 내다보는 미래지향적인 삶을 살았는데, 중반을 넘기고 암이라는 시련과 크게 한번 실랑이를 하고 나자, 왠지 그만 나도 모르게 사람이 그런 식으로 변한다.

거기에다가 시나브로 한 번씩 찾아오는 친구들의 부음이 더 사람을 괴롭힌다. 아마 혼자 지내는 시간이 많으니까 그런 것과도 무관하지 않으리라고 본다.

잘 살았거나 못 살았거나, 인생칠십고래희人生七十古來稀라는 그 일흔 고개에 올라선 지도 한참이나 되었는데, 왜 생각나는 일들이 없겠는가.

책장을 넘기듯 기억 속을 헤매보면 이런 것, 저런 것들이 더러 나온다. 그 가운데는 잊고 싶은 것도 있지만 괜히 가슴을 울렁이게 하는 것도 더러 있다.

얼마 전에 집을 옮기면서 이삿짐을 꾸리다가 발견한 편지 한 장이 있는데 그것이 자꾸만 과거를 흔들어 깨운다. 이제는 까마득히 잊혀 기억에서도 희미해져 가고 있는데 책갈피 속에서 나타난 것이다. 그것을 본 순간 나는 이삿짐을 꾸리다가 한동안 멍하니 앉아 있기까지 했다.

모르긴 해도 그 편지가 묵은 책갈피 속에서 발견된 것을 보면 딴에는 오래 기억하고 싶었던 것은 아닌지 모르겠다.

편지만 몇 번 나누었지 아직 한 번도 본 일이 없는 사람, 그러면서도 10여 년 가까이 마음속에 두고 행복을 기원했던 사람, 그러다가 그만 30여 년을 책갈피 속에 처박아두고 잊고 지냈던 사람, 지금도 내 머릿속에는 몇 장의 편지로만 남아있는 사람이다.

이왕에 붓을 들었으니 그 이야기를 한번 해보자. 상대는 당시 초등학교 학생이었다.

혹 잘못 들으면 선행에 대한 어떤 반대급부 같은 것을 바라는 모습으로도 비칠 수 있지만 결코 그런 뜻으로 밝히는 건 아니다. 아하, 그때는 내가 그런 일도 했었구나, 조금은 신기하기도 하고 뜻밖이기도 한, 어찌 보면 내가 나답지 않은 일을 했기 때문에 아직도 선명하게 남아있는 건 아닌지, 이런저런 생각들이 엉켜 떠오르기에 말이다.

40대 초반 kt영주지사에서 근무한 일이 있는데 그때 있었던 일이다. 가족은 대구에 둔 채 혼자만 떨어져 사는 객지생활 탓이겠지만, 여가시간에는 신문을 들고 앉는 일이 많았다. 어느 날인가 J일보 사회면에 이런 기사가 눈에 들었다.

"최훈 양과 김문경 양은 속초 중앙초등학교 4학년 같은 반에 다니는 짝꿍 친구다. 어느 날 김 양은 친구 최 양 집에 놀러갔다가 깜짝 놀란다. 아버지의 대소변을 받아내며 아침저녁 식사까지 시중을 들지 않으면 안 될 만큼 어려운 생활을 하고 있었던 것이다.

전후사정을 알고 본즉 6.25전쟁 때 팔다리를 모두 잃은 상이용사를 아버지로 둔 최 양은, 여덟 살 때 간암으로 어머니마저 잃어, 그동안 상상하기가 힘든 생활을 꾸려나갔다. 평소에도 가깝고 친하게 지냈던 터였지만, 그 사실을 안 그날 이후로 그들은 친자매처럼 학용품도 같이 쓰고, 용돈도 나누어 쓰며 지냈다. 문경 양 어머니는 딸의 도시락을 쌀 때 훈이 양 도시락까지 같이 챙겨주었다."

대충 이런 내용으로 기억한다.

그 기사를 읽는 순간 내가 어렸을 때 일들이 문득 오버랩으로 떠올랐던 것이다. 나는 그들보다 더 어렸을 때 아버지를 전쟁으로 잃고 어머니까지 집을 나가버려 할머니 밑에서 지냈었다. 당시 내

처지는 두 번 생각하기 싫을 만큼 어렵고 힘든 생활이었다.

신문을 읽고 난 뒤에도 한동안 그들이 처한 일이 마치 내 일처럼 잔상으로 머리에 남아 나를 그 시절에서 허덕이게 만들었다. 어떻게 하면 저들을 조금이나마 도와줄 수 있을까. 아마 그런 기사를 신문에 실은 목적도 그런 데 있는 것이 아닐까 생각하며 연락처를 알아보았던 것이다.

더군다나 최 양의 나이가 우리 아들 녀석하고 같아 거기에 더 딱한 마음이 내켰다. 얼마나 지속될지는 모르지만 형편 닿는 데까지 학교에 드는 납부금을 지원해 주는 것으로 결정하고 바로 그달부터 송금하기 시작했다.

물론 아무도 모르게 나만 알고는 실행한 것이다. 당연히 우리 가족들도, 주변 친구들한테도 그런 티를 내지 않았다. 잘못되어 엉뚱한 소문이라도 난다면 오히려 안 하느니만 못할 수도 있는 일이기에 말이다. 오른손이 하는 일을 왼손이 모르도록 하라는 성경 말씀도 그런 데 있는 것 아니겠는가.

고등학교 3학년 때까지 했으니 한 10여 년 가까이 챙겨주지 않았을까 생각된다. 한번은 우리 아이가 영어공부를 하는데 필요하다면서 휴대용 녹음기를 하나 사달라기에, 또래의 최 양한테도 필요하지 않을까 해서, 사는 김에 두 개를 사서 하나 보내준 일도 있었다.

그렇게 지내다가 그만 헤어져 버린(?) 것이다. 지금 생각해 보면 어쩌다가, 왜 헤어졌는지도 잘 모르겠다. 그 무렵 진급시험 준비하느라고 한 1년간 거기에 매달려 허우적거린 일이 있는데, 그로 인해 깜박했던 건 아닌지. 물론 나의 무관심도 작용했으리라 본다. 이런저런 일로 해서 연락이 끊어지고 말았다.

그러고는 태평하게 잊고 지냈는데 그날 이삿짐 속에서 그 흔적이 나타난 것이다. 그날부터 그만 나도 모르게 그 학생이 한 번씩 떠올랐다. 아마 나이가 들면 누구나 머릿속에 든 추억을 먹고 산다더니만 그런 현상은 아닌지 모르겠다.

생각해 보면 내가 일흔 중반에 들었으니 최 양 학생도 지금쯤은 쉰 고개에 얹힌, 한 사람의 아내로, 어머니로, 우리 사회의 축을 이루고 있는 부지런한 장삼이사張三李四의 아주머니로 살아가고 있을 것이 아니겠는가.

문득 그 학생이, 아니 이제는 그 아주머니라고 불러야 되겠지, 어떻게 변했는가 보고 싶을 때가 있다. 오늘 같은 대명천지 정보화 시대에 마음만 먹으면 얼마든지 찾을 수는 있겠지만, 아름다운 기억은 그것만으로도 족한 것.

좋은 기억은 나만이 가진 보물로 생각하고 몰래 간직하고 있을 때가 아름다운 것이지 까발려 놓으면 그것만큼 허무한 일도 잘 없다. 고분을 파헤쳐 놓은 것과 같은 것이기 때문이다.

내가 왜 그런 일을 했을까. 그때도 분명히 내 처지가 남을 도울 만큼 여유가 있는 생활을 누린 건 아니다. 그리고 내가 나를 희생시켜 가며 남을 도울 수 있는 그런 인간성의 성격인가 하면 꼭 그런 것도 아니다. 혹 순간적인 동정의 감정은 가졌을지 모르리라.

지금 생각해 보면 그때 그런 생각을 가졌다는 그 마음이 너무 고맙다. 분명히 그건 사실이었으니까 오늘 나한테 그런 추억이 저장되어 있는 것 아니겠는가. 모처럼 나를 칭찬해 주고 싶다. 그리고 그 칭찬을 내가 만든 은총이라 생각하며 몰래 가슴에 묻어둔다. 최 양을 보고 싶은 그리움과 함께 그 학생도 지금쯤은 초로의 문턱에서 지난날의 어려움을 보석으로 만들어 열심히 살아가고 있을 모습을 그려보면서.

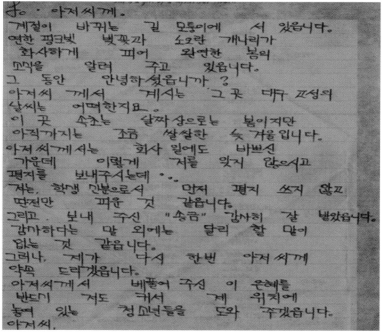

1988년 4월 23일 최훈이의 편지

우리 마을
'큰 바위 얼굴'

　　내 고향(김천시 중산면 유성리) 면소재지 입구에 옥동이라는 마을이 있다. 우리 이웃 동네다. 주소가 김천시라니까 얼핏 들으면 트인 곳 같지만 실은 지난날 금릉군으로, 시골 가운데서도 깊은 산골 마을이다. 경북 성주에서 전라도 무주로 가자면 골짜기가 시작되는 산야로 둘러싸인 마을이다. 나는 항상 우리 동네를 남에게 이를 때 하늘 아래 첫 동네라는 말을 잘 쓰는데, 그 마을 역시 그런 마을이다. 그만큼 외진 곳이다.

　　자주는 못 가지만 어쩌다가 고향에 한 번씩 가게 되면 그 마을 앞을 지나게 되어있다. 어렸을 때는 내왕이 더러 있었지만, 지금은 누구 하나 아는 이도 없는, 이웃이란 것만 아니면 다른 타향의 낯선 마을과도 하나 다를 게 없는, 요즘은 나한테도 거의 내왕이 없는 그런 마을일 뿐이다.

그 마을 입구 이정표 옆에 조그만 비석 하나가 서있다. 허리춤에 못 미치는 나지막한 모습으로 언뜻 보면 지나치기 쉬운 형상의 비석이다. 고향을 나들면서 그 앞을 여러 번 지났지만, 거기에 그런 비석이 서 있는 걸 몰랐다면 알만하잖은가.

올봄 나는 친구들과 같이 그 마을 모퉁이에서 나물을 뜯었는데, 그제야 처음으로 거기에 그런 비석이 있다는 걸 알았다. 확실한 건 모르지만 세운 지가 10년 미만으로 짐작된다. 비석에 담긴 비문 전체를 여기에 옮겨본다.

국가대표 마라톤감독 정봉수 기념비

1935년 7월 15일 김천시 증산면 유성리 275번지에서 부 정팔두 공과 모 강달임 여사 사이에 3형제 중 막내로 태어나 어릴 적부터 특별히 달리기를 좋아하여 초, 중, 고 때 단거리선수로 도내에서 우승을 독차지했고, 육군에 입대하여 3군 체육대회에서 두각을 나타내는 선수였다가 72년 육군대표 육상부감독으로 변신했다.

올림픽에서 마라톤 금메달을 획득하여 한국인의 자긍심을 높이겠다는 코오롱 그룹 이동찬 명예회장님을 만나 의기투합하여 정봉수는 코오롱마라톤 창단 감독이 되었고, 뛰어난 지도력과 오랜 연구와 경험을 바탕으로 한 식이요법을 개발하여 황영조, 이봉주, 김이용 등을 세계적인 선수로 훈련시켜 제 25회 바르셀로나 올림픽에서 황영조 선수가 건국 이후 최초로 마라톤 금메달을 획득하여

온 국민의 오랜 숙원을 풀어준 쾌거를 이룩토록 했고, 제13회 아시안 게임에서 이봉주 선수가 마라톤 3연패 기록을 세웠으며, 한국마라톤 발전에 지대한 공로를 후세에 남기기 위하여 중산면민의 뜻을 모아 이 비를 세웁니다.

나는 비석 전문을 읽고 한 번 더 읽었다. 여기에 이렇게 유명한(?) 사람이 있었던가. 읽고 난 뒤의 내가 받은 느낌이다. 그리고 또 하나는 여기에 그런 인물이 있었다면 동향 출신으로 한 번쯤은 이름이라도 들은 사람일 텐데 전혀 그런 기억이 없다는 것도 이상했다. 그가 35년생이고 내가 46년생이면 시골의 이웃한 동네 사람으로는 얼마든지 알 수 있지 않았을까 생각되었기 때문이다. 그런데 나는 전혀 모르는 사람이다.

다만 비문을 다 읽고 난 뒤 '정봉수 감독'이란 이름 석 자는 어디선가 들은 듯한 기억만 떠오를 뿐이다.

아하, 그 양반이 여기 우리 고향출신이었구나. 비문을 두 번이나 읽고, 생각까지 정리한 뒤에 내 가슴에 자리 잡는 그분의 잔상殘像이다. 한 번 더 그를 새삼스레 돌아보게 만든다.

문득 고등학교 국어교과서에 나온 단편소설 「큰 바위 얼굴」(너새니얼 호손)이 생각난다. 주인공 어니스트가 자기 마을 뒷산에 사람 얼굴 형상을 한 바위 얼굴을 보면서 자기의 꿈을 키운 이야기를 담은 내용이다. 나중에 그가 명사가 된 뒤, 그 바위 얼굴이 자기를 닮았다는 이야기를 들으면서도, 더 다른 사람을 기다린다는 젊은이

194

들에게는 포부를 갖게 하는 희망을 심어준다는 이야기다.

황영조와 이봉주는 비석 문안이 밝힌 그대로 우리나라의 체육 영웅이다. 마라톤에서는 저마다 하나의 전설을 만든 사람들이다. 그런 선수가 이 지방에서 태어난 정봉수라는 감독에 의해 만들어졌다는 건, 산골마을 사람들로서는 큰 자랑이 아닐 수가 없다.

요즘 지방자치제 이후 많은 곳에서 지방마다 출신 유명인사들을 내세워 홍보를 하고 있다. 가수 한 사람만 나와도 그 가수가 태어난 집 앞 도로를 그 가수 이름이 든 도로명으로 만들어 선전하는 예가 허다하다. 그런가 하면 곳에 따라서는 지나치게 공과가 과장된 인물을 내세워 주민들의 빈축을 사는 예도 더러 있다고 한다.

황영조는 손기정과 함께 우리나라의 마라톤 영웅이며 세계적인 명성을 가진 선수다. 그리고 이봉주는 우리나라 최고의 기록을 가진 선수로 124년의 세계적 마라톤 신화의 도시 보스톤 마라톤대회에서 서윤복, 함기용 선수의 뒤를 이어 우승한 선수다. 정봉수 감독은 바로 그런 영웅들을 만든 사람이다.

정봉수 감독이 없었더라면 그들이 태어나지 않았을 수도 있었다는 점을 가정해 본다면 더더욱 그의 활동은 빛을 쏟는다. 스승의 힘은 아는 사람만이 아는 영역이다.

우리 이웃에 그런 인물이 태어났다는 걸 몰랐다는 건 나한테 분명히 부끄러운 일이다. 황영조, 이봉주 선수 못지않은 인물이 태어난 곳이라면 여남은 가호가 살면서 그런 비석을 세우기가 쉽지 않았을 것이다. 그만큼 마을 사람들의 자긍심이 있었다는 것을 보여주는 듯했다. 마을로서는 엄청나게 경사스러운 일일 수도 있다.

나는 그 비석을 보면서 '큰 바위 얼굴'을 머릿속에 그려본다. 누구든 이 세상을 어떠한 모습으로 다녀갔다는 걸 남겼다는 것은, 자신한테는 물론 후인들한테도 또 하나의 다른 '큰 바위 얼굴'이 아니겠는가.

꿈같은 일이긴 하지만, 우리 마을 입구에 내 이름이 담긴 저런 비석이 하나 세워지려면 나는 어떤 일을 해야 할 것인가, 백일몽白日夢으로나마 머릿속에 그런 그림을 하나 그려보며 오늘을 살아가고 있다.

아버지와
가마솥

내가 시내 나가면 곧잘 한 번씩 들르곤 하는 찻집이 있다. 백화점 모퉁이 자투리땅을 이용해서 도시 속 시골 초가삼간을 흉내 낸 집이다. 이름하여 '행화촌杏花邨', 살구꽃이 핀 마을이란 이름을 옥호로 달고 있다.

외양은 어수룩하게 보여도 안에만 들어가면 찻집 이름 그대로 살구꽃 피는 산골 가옥에서나 볼 수 있는 풍정을 만드느라 구석구석이 추억 묻은 가장집물들로 제법 그럴싸하다.

쟁기, 도리깨, 호미, 낫, 키 같은 농기구는 물론 물레, 씨아, 도투마리, 베틀 따위의 옷감을 만드는 용구에다 등잔, 농짝, 짚신, 멍석, 맷돌 등도 보인다. 내부의 조명 또한 실속은 전등이면서도 외형은 지난날 청사초롱으로 꾸며 우리를 지난날 농경사회의 한 곳에다 데려다 놓는다.

맨 안쪽 구석자리에는 무쇠 가마솥 하나가 비스듬히 토담 벽에 기대어 누워 있는데, 그 몰골도 이채롭다. 얼른 봐서는 잘못 찾은 자리 같더니만, 어느 틈에 눈에 익어 그런지 요즘은 한통속으로 잘 어울린다. 처음 나는 거기에 그런 게 있는가 보다고는 대수롭잖게 생각했는데, 어느 날 그 가마솥은 나와 아버지가 만날 수 있도록 자리를 만드는 게 아닌가.

전혀 예상 못 했던 일이다. 그날도 나는 행화촌 구석자리에서 약속한 친구를 기다리고 있었다. 기다리는 시간이 의외로 길어 여기저기 새삼스레 추억의 물건들을 돌아보다가 가마솥에 와서 눈이 오래 머물렀고, 그 가마솥이 아버지를 일깨워 준 것이다.

나한테 아버지의 존재는 처음부터 없는, 기억의 어느 골짜기를 헤매 봐도 찾을 수가 없는 사람이었다. 할머니가 간직하고 있는 낡은 명함판 사진이 한 장 있긴 하지만, 그마저 저 사람이 네 아버지라니까 그런 성싶을 뿐 나한테는 딴 사람이다.

아버지는 6.25 때 강원도 현리전투에서 전사했다. 내가 다섯 살 때 징집으로 전장에 투입되었고, 전쟁이 끝난 뒤 아무런 유품 한 점 없이 전사통지서란 종이 한 장으로 돌아왔다. 물론 모두 이야기로만 들은 나한테는 하나의 전설일 뿐이다. 어린 나에게는 엄청난 비극이었다.

비극은 그것으로만 끝난 게 아니다. 가난한 시골 살림살이에 남편 없는 생활이 힘들었던지 어머니마저 이내 어디론가 떠나버려, 그날 이후부터 나는 할머니 밑에서 자랐다. 서럽게는 전쟁고아요,

좋게 받아들이면 6.25 전몰장병 유자녀가 된 셈이다. 그렇다 보니 나에게 부모에 대한 기억은 전무했고, 그런 상태로 오늘에 이른 것이다.

그런데 그날, 친구를 기다리며 시간 죽이기 삼아 바라본 그 가마솥이 나를 70여 년 전으로 데려다 놓아, 잃어버렸던 아버지와 나와의 부자유친의 관계 하나를 복원시켜 준 것이다.

어느 날인가, 한 남자가 철무리기 나를 데려다가, 쇠죽을 쑤어 낸 가마솥 여열餘熱에다 물을 데워, 그 속에 나를 넣어 목욕을 시켰던 일 하나가 아슴푸레 떠올랐는데, 그 남자가 우리 아버지가 아니었을까 하는 게 그것이다.

하긴 그전, 할머니가 살아계셨을 적에도 그런 기억이 시나브로 떠올라 직접 한번 물어본 일이 있다. 그러나 할머니의 대답은 아리송하기만 했다.

"울 집엔 가마솥이 웂다. 소를 키운 일이 웂는데 우째 가마솥이 있겠노. 아매 큰집 아재 집에 가서 했을 끼다. 큰집 애들이 그래 모욕을 했고, 너도 같이 자주 껴 놀았응게 말이다."

큰집과 우리 집은 앞뒷집으로 있었고, 아버지는 큰집 일을 돕고 있었기 때문에 대부분의 시간을 그쪽에서 보냈다. 이야기 속에 그 남자가 네 아버지란 말은 없었지만, 말투나 분위기로 봐서 충분히 그런 여건이 조성될 수 있는 환경이었다. 이름만 큰집이지 실은 우리랑은 삼종三從 간 친척이다.

인성人性이 자리 잡을 어린이들에게 부모의 역할은 성장에 큰 영향을 미친다는 건 말할 필요가 없다. 아름다운 추억 하나만 품고 산다고 해도 뒷날 사회생활을 하는 데 도움을 줄 수 있을 만큼 정서적 자산이 되기 때문이다. 내가 독생자로 살아왔기 때문에 누구보다도 그 점은 절실하게 느낀다.

아버지가 나를 목욕시킨 게 기억으로만 남은 사실인지, 아니면 아버지에 대한 그리움이 나도 모르게 그렇게 하나 만들어 놓은 것인지는 모르지만, 나는 그 행화촌에만 들르면 아버지를 한 번씩 떠올린다. 아마 그렇게라도 아버지와의 관계를 하나 만들어 품고 싶은 욕망도 작용했으리라 본다.

지금은 하나의 무쇠 덩어리로, 행화촌 같은 찻집의 장식용으로 남아있는 게 고작일 만큼 버려진 폐품 신세지만, 내가 어렸을 때 가마솥은 그 존재의 유무만으로도 의미가 컸다. 당시 마을에서 잘 산다는 집도 재산 목록 1호는 소였는데, 가마솥은 그것과 무관하지 않기 때문이다.

어디 그것뿐이랴. 가마솥의 일차적 목적은 여물을 익혀내는 소의 밥솥이지만 다용도로 쓰였다. 어린 아이들 목욕탕은 물론, 빨래를 삶는 데도 필요했으며, 더군다나 농촌에서는 또 하나의 농사인 장을 만드는 메주를 쑤는 데에도 큰 역할을 했다. 어렸을 때 메주를 만드는 날이면, 가마솥에서 막 퍼낸 삶은 콩을 한 주발 얻어먹을 수 있다는 게 우리한테는 큰 즐거움으로 남아있다.

지난날 가마솥은 농촌의 대표적 부富의 상징이다. 경제용어에 스테이트스 심벌states symbol이란 말이 있는데 가마솥은 충분히 이에 든다. 가마솥 있는 집과 없는 집은 그것만으로 층이 나기 때문이다. 그뿐만 아니라, 가마솥이 쇠로 만들어졌다는 것은 또 다른 차원의 지표를 만든다.

며칠 전 친구들과 얼려 점심을 해결하기 위해 한 식당에 들렀다가 거기 주방에 설치되어 있는 가마솥을 보고 나는 새삼스레 놀랐다. 내 식탁에 놓인 얼얼하면서도 속을 시원하게 풀어주는 해장국이 거기서 나올 줄이야. 가마솥에서는 잔칫집에서나 볼 수 있었던 초례청의 풍정風情이 펄펄 끓고 있었다.

이미 가마솥의 역할은 다 끝난 것으로만 알았는데 그게 아니었다. 그러고 보니 곰탕, 따로국밥, 해장국, 감자탕 등 우리 고유의 맛 자랑을 내세운 식당에는 당연히 가마솥이 한가운데 자리를 차지하고 있었다.

쇠의 역할이 공산업에만 기여하는 것이 아니라 음식에까지 손을 뻗었다. 아니 공산업보다도 더 이전에 솥, 식칼 등으로 우리의 주식主食을 요리하고 익히는 데 주역을 맡고 있다. 무쇠 속에 누구도 모르는 깊은 맛이 숨어있는 건 아닌지 모르리라.

어느 날 행화촌 찻집 구석자리에서 우연히 마주친 가마솥 하나. 아버지와 나와의 인연을 새로 만들어주는 추억의 유품으로만 여겼는데, 곳곳에서 아직도 여전한 현재진행형으로, 여러 유형으로 남아 우리를 일으켜 세우고, 지키고 있음에랴.

5

노을 진 들녘에서
나를 보다

사람의 나이는 임의적인 인식과 시스템의 산물이다. 우리는 이런 스스로 만든 인식에 보이게, 안 보이게 상당한 구속을 받으며 살고 있다.

같은 울타리에 연령주의年齡主義란 말이 있다. 여기에는 두 가지 뜻이 있는데 하나는 '찬물도 순서가 있다.' 는 일테면 장유유서의 개념이고, 다른 하나는 자기 나이에 어울리는 위계와 처신이 필요하다는 이론이다.

우리는 보통 후자의 지배를 많이 받는다. 신입사원은 30대의 인생이고, 40대에는 과장, 50대에는 부장, 그래서 60 전후 나이가 되면 이사직에 있어야만 제대로 된 삶이고 여기에서 이탈된 사람들은 패배자로 보는 사회적 인식이 그것이다. 계급정년 같은 제도는 후자의 산물인 셈이다.

암을 극복하면서
잃은 것과 얻은 것

이제는 인생 숙제가 끝났다. 아내는 먼 여행을 떠났고, 아들, 딸은 짝을 찾아 떠났다. 이젠 내 몸뚱이 하나만 잘 굴러다니다가 때가 오면 떠나면 된다. 먹고살 만한 형편도 되고, 누구한테 구속받지 않는 자유도 있다.

세상을 향해 기지개를 펴고 자유롭게 날아다니고 싶었다. 그러던 어느 날 몸에 이상 기운이 있어 병원에 가서 건강검진을 받았더니 의사가 몸 상태가 좋지 않다며 고개를 갸우뚱거리면서 큰 병원에 한번 가 보는 게 좋겠다고 일렀다. 직감적으로 암이라는 필이 왔다. 그리고 그건 사실이었다. 하필이면 나한테 암이 찾아오다니 인생 2모작이 막 시작되려는 시점이어서 눈앞이 캄캄했다.

암(Cancer)은 취소(Cancel)에서 변형된 언어라는 말이 있다. 암에 걸리면 없어진다. 즉 사망이라는 말이다. 내 인생은 여기서 막을 내리는구나.

아들, 딸을 조용히 불렀다. 상황을 이야기하고는 혹 아버지가 없더라도 열심히 살라고 했더니 아무 말이 없다. 어머니도 일찍 세상을 떠나고 아버지가 중병에 걸렸다니 아이들도 막막했으리라.

이때 나는 다행하게도 요즘 유행하는 문화권이 비슷한 여자 친구(Platonic)가 있었다. 자신의 일처럼 발 벗고 도와주겠다며 서울삼성병원 문을 두드렸다.

병원비는 딸이 부담하고, 영양공급은 아들이 담당하고, 간호는 여친이 담당하기로 했다. 주변에 든든한 백 3개가 있으니까 그래도 나는 행복한 사람이구나 하는 생각을 했다. 여러 날 다양한 검사를 하고는 림프암 초기라 항암치료로 가능하니 너무 상심 말고 병원에서 치료를 잘 받으란다. 불행 중 다행이라는 생각이 들었다.

서울삼성병원 암병동, 항암투약을 위해 입원실로 갔더니 약병을 6개나 가지고 왔다. 옆 침대에 있는 사람들은 모두가 얼굴에 핏기가 없고 근심스러운 표정들이었다. 용기를 내자, 3주 간격으로 항암 주사를 6회 맞는단다. 이름과 나이를 묻고는 7시간 정도 걸립니다, 하고는 투약을 시작했다. 내가 할 수 있는 일이란 정신적으로 투병에서 이기는 길뿐이었다.

나는 기운을 내야 되겠다는 생각에 정신을 가다듬고 컴퓨터를 꺼내서 그동안 준비해 오던 '남기고 싶은 이야기'를 다듬기 시작했다. 이런 내 모습을 보고 간호사가 한마디 건넨다.

"선생님 존경합니다."

"무슨 뜻입니까?"

"오랜 기간 간호사 생활을 해왔지만 항암치료 받으면서 용기 있게 웃으면서 옆 사람들과 희망의 이야기를 나누고, 그 연세에 글을 쓰시는 사람을 보지 못했습니다."

"고맙습니다. 힘을 내야지요."

간호사의 말 한마디가 나에게는 고맙고 힘이 되었다.

"두 번째 투약입니다. 46년생 장진수 씨 맞지요?"

"왜 약을 바꿀 때마다 이름을 묻나요?"

"약이 너무 독해서 다른 사람과 바뀌면 큰일 납니다. 이해해 주시고 힘 내서요. 선생님은 충분히 잘 견디실 겁니다."

"감사합니다."

암이라는 병은 역시 무서운 병이다. 치료과정에서 투병생활도 힘들고 고통스러웠다. 시간이 지나자 밥맛을 잊어버리고, 머리도 빠지고, 눈썹도 빠지고 꼴이 말이 아니었다. 빵모자를 덮어쓰고는 산으로 들로 다니면서 암과의 투쟁에서 이기려고 발버둥 쳤다.

이즈음 나이 들어 허전한 마음을 둘 곳이 없어 성당에 다니기 시작했다. 절에 다녔는데 아내가 떠나고 나서는 절과의 인연이 멀어지기 시작했다. 성당에 나가기 시작하면서 신도 가운데 성격이 활달한 동갑내기 한 아주머니를 만났다. 그동안 고생했다면서 점심을 함께하게 되었다. 이런저런 이야기 끝에 내가, 우리 모두는 하느님 소속인데 어릴 때 부모님과의 이별, 중년에 아내와의 이별, 말년에 암과의 전쟁이 너무 가혹하지 않느냐는 이야기를 했더니,

그 아주머니는 이런 말을 들려준다.

어떤 착한 부부가 하느님을 열심히 믿고 살았는데 첫 아이로 소아마비 아기가 태어났다. 하느님을 찾아가 착하게 산 결과가 이런 것이냐며 따졌더니 하느님이 소아마비 아이 배정을 해야 하는데 너희들 부부만큼 잘 키울 사람이 없어서 하나 배정을 했으니 좋은 일이라 생각하고 너희 부부처럼 착하게 잘 키워달라고 한다.

착한 부부는 그렇게 하겠노라고 하고는 열심히 키우던 중 둘째 아기를 낳았는데, 또 소아마비 아기가 태어났다. 부부는 작정을 하고 하느님을 찾아가 항의를 했다. 그러자 하느님은 아무리 둘러봐도 너희 부부 말고는 맡아줄 사람이 없어서 하나 더 배정을 했다는 것.

이 이야기를 듣고 착한 부부는 하느님의 말씀을 받아들이고 두 소아마비 아이를 잘 키워 축복을 받았다는 이야기였다.

장 선생은 능력이 있고 사회적으로도 그 정도의 위치에 있으니 아마 하느님이 그렇게 했을 것이라며 위로를 해준다. 그때 그 아주머니의 이야기가 많은 위로가 되었다.

부처님 말씀에도 "병이 없기를 바라지 마라. 병이 없으면 교만하기 쉬우니라." 하는 구절이 생각난다.

나는 인생을 살아오면서 세 번의 큰 변고가 있었다. 그때마다 힘들었던 만큼 성숙한 부분도 있었다. 뒤돌아보면 부모님을 잃고 자생능력을 키웠고, 아내가 떠나고 나서 혼자 사는 법을 배웠고, 암을 극복하면서 욕심을 1g 정도 내려놓고 나니 끙끙대며 지고 있던 삶의 무게가 한층 가벼워졌다. 남을 배려하는 마음도 조금 생기자 새로운 친구가 생기고, 삭막하게 보이던 세상이 조금씩 아름답게 보이기 시작했다.

이번에 병원 생활을 하면서 나는 두 가지를 얻고 배웠다. 경제적으로, 정신적으로 수난의 시간이기도 했지만 한편으로 그 수난이 나에게 모르는 것을 가르쳐 주기 위해 찾아온 것이라고 생각해 본다. 좋은 경험을 한 것이다.

하나는 남을 배려하는 대화가 우리들 삶을 아름답게 바꿀 수 있다는 것을 배웠다. 남에게 주는 말은 어떤 경우든 조심하고 신경을 써서 신중하게 할 필요가 있다. 병원생활을 하면서는 나도 사경을 헤매며 지냈지만 짧은 시간이나마 나와 같이 지내던 환우들도 모두 같은 처지에 있었다. 그들과의 한마디, 한마디 진정성 있는 대화는 그야말로 심금을 울려주었다.

앞에서 나눈 몇 사람과의 대화에서도 그런 게 잘 드러나지만 좋은 대화는 씹을수록 금은보화란 생각이 든다. 나는 그들의 이야기를 가슴 깊이 새기고 있다. 아마 그들과 나눈 이야기들이 내 건강회복에 큰 도움이 되었으리라 본다.

또 하나는 걸맞는 친구를 만드는 일이다. 나는 친구의 범위를 넓게 잡는 사람이다. 학교, 고향, 직장, 심지어는 고스톱까지 포함해서 친구를 만들지만 더 넓게는 부모, 형제, 아내도 친구로 생각할 수가 있다. 일반 친구보다 못한 부모형제가 있는가 하면 목숨을 담보해 주는 친구도 있다. 일흔 나이를 넘고 보니 내가 만나고, 도움 받고, 같이 놀 수 있는 사람은 오직 친구뿐이다.

사람은 누구나 인간관계로 오늘을 살고 있고, 내일을 살아간다. 사람은 사람과의 관계에서 존재의미를 갖는다. 내가 친구의 범위를 넓게 잡은 까닭이 여기에 있다. 지금 내가 친구가 없다고 가정해 본다면 나는 한마디로 식물인간이다. 대화의 상대, 놀이의 상대, 동행의 상대, 이 모두가 꿈쩍할 수가 없다. 그리고 그런 친구들은 모두 내가 필요에 따라 만들어가야 한다는 사실이다.

고령화 시대에 접어들면서 일인 세대가 늘어나고 있다. 부부간의 사랑도, 부모 자식 간의 사랑도, 형제간의 사랑도 세월 속에 바래지면서 예전 같지 않다. 둘이 살아도 혼자나 다름없는 세월을 보내고 있다. 그래서 성性과 연령을 초월한 서로가 문화권이 비슷한 사람끼리 만나 나누는 사랑(Platonic)이 유행하고 있다.

영국의 옥스퍼드 사전에 매년 새로운 단어가 추가되는데 얼마 전 추가된 단어 가운데 "Unfriend"란 말이 들어 있다고 한다. 이 뜻은 "친구가 아니다"가 아니고 "휴대폰에서 이름 삭제하기"라는 뜻이란다.

아리스토텔레스가 2,300년 전에 친구의 정의를 내려놓은 것이 있다. 그 내용을 보면 그 당시에 어쩌면 그렇게 친구의 유형을 잘 표현했을까 하는 감탄이 나온다. 여기에 한번 소개해 본다.

친구는 3가지 유형이 있다.

첫 번째 유용성의 친구(Friendship of utility)다. 서로가 필요에 의해서 사귀는 친구로 이 경우는 어느 한쪽이 이득이 없을 때는 헤어지게 된다.

두 번째 쾌락의 친구(Friendship of pleasure)다. 이성 간에 서로 만나 사랑하다가 사랑이 식었을 때 헤어지는 경우이다.

마지막 세 번째가 선의 친구(Friendship of the good)다. 백아절현伯牙絶絃에 나오는 고사를 떠오르게 한다.

"Unfriend"라는 단어는 불필요한 친구를 관리한다는 것은 삶에 도움이 되지 않으니 삭제하라는 의미로 추가된 듯하다.

한 아파트에 살고 있는 아주머니 이야기에 의하면 남편이 죽고 난 뒤 휴대폰의 명단을 보니 가족 외에는 번호가 하나도 없더란 말을 했다. 많은 사람들 관계 속에서 복잡하게 살아온 나와 비교해 보면 참 홀가분한 마음으로 살았다는 생각이 든다.

이번에 아픔을 겪으면서 내 비망록에서 "Unfriend" 된 친구들한테는 솔직히 송구스럽다. 서로가 관계 속에 살다가 헤어진다는 사실은 새로운 만남을 의미한다고 한다. 우리 다시 만날 때는 선의 친구(Friendship of the good)로 만나기를 기원해 본다.

나이 들어보니 이 점이 많이 아쉽다. 내가 잘못 살아온 분야 중 한 분야이기도 하다. 고향 친구는 자주 접할 기회가 없었고, 학교 친구는 늦깎이 공부를 하다 보니 연령의 차이가 많고, 직장 친구는 계급 차이도 있었지만 상대를 너무 잘 알아서 문제고 이런저런 이유가 많지만 다 내가 잘못 살아온 결과라고 생각한다.

좀 건방진 이야긴 줄 모르지만 내 연령대의 친구들은 어느새 마음이 너무 빨리 늙어 버렸다. 지금 나이에 못다 이룬 것들도 한번 시도해 보고, 주름진 얼굴도 새 옷으로 한번 덮어씌워 보고, 전국을 다니며 맛있는 것도 좀 사 먹어 보고 하면 좋으련만 다 싫단다. 4, 5년 직장선배 친구들이 있는데 얼마 전까지만 해도 일 년에 한두 번씩 여행을 가자고 하더니 그 말이 없어진 지도 오래다.

나보다 좀 젊은 친구를 만들어 보려고 술 사고 밥 사고 노력해 보지만 그것도 쉽지는 않다. 나는 위아래 없이 잘 접근하기도 하고 어울리지만 앞앞이 말 못 하고 남몰래 속상할 때 진심을 털어놓고 이야기할 수 있는 친구를 하나 찾고 있다.

얼마 전에 후배가 찾아와서 모임을 하나 하고 싶은데 사람을 찾고 있다며 한 사람 추천을 좀 해달라고 한다. 어떤 사람을 원하느냐고 했더니 이런 사람이라고 했다.

나이가 좀 많으면서 좀 바보스럽고, 돈 잘 쓰면서 잘 어울려 놀고, 여자 좋아하는 사람. 웃으며 뭐 하려고 그러느냐고 물었더니 여생을 즐겁게 보낼 수 있는 모임 하나 만들려고 하는데 물주가 필요하다고 했다.

요즘 똑똑한 사람은 별로 인기가 없단다. 첫째 우리 동우회 사무실에도 계급이 높았던 사람은 인기가 없다. 불편하단다. 앞산 기원에 가도 장長 자리를 누렸던 사람은 거리감을 둔다. 어느 장단에 춤을 춰야 할지.

우스갯소리로 하는 진화론에 의하면 원숭이가 나무에 떨어져 앞다리를 다치고 나서 가만히 생각해 보니 직립식으로 뒷다리 두 발로 걸으면 되겠구나 하고 생각하고 걷다가 보니 사람이 되어 지금까지 편리하게 잘 살아왔다. 세월이 흘러 고령화 시대에 접어들면서 허리가 아파 고생을 해 보니 옛날 네 발로 걸어 다니던 그 시절이 그리워진단다.

그때는 잘했구나 싶었는데 지금에 와서 보니 아니고, 그때는 잘못했는데 지금에 와서 보니 잘했다는 생각이 나는 게 우리네 삶이다. 어떻게 사는 게 잘 사는 건지 이래저래 재미있는 세상이다.

많은 사람들이 어제를 태워서 오늘을 밝히고 산다. 내년이면 어느 틈에 내 나이 희수喜壽가 된다. 희수란 77세를 말한다. 말장난 잘하는 사람들이 기쁠 희喜 자를 초서로 갈겨 일곱 칠七 자가 겹으로 들어간다고 붙여진 숫자이다. 나는 희수를 정자로 써서 정말 멋지게 즐겁게 살 수 있는 나이라 보고 여생을 그렇게 보내런다.

아버지로
살아간다는 것

어둑어둑 해질 무렵 집으로 가는 길에

빌딩 사이 지는 노을 가슴을 짜-안하게 하네

광화문 사거리서 봉천동까지 전철 두 번 갈아타고

지친 하루 눈은 감고 귀는 반 뜨고 졸면서 집에 간다

아버지란 그 이름은, 그 이름은 남자의 인생

요즘 한창 트로트 유행을 타고 남자들 사이에 많이 불려지는 나훈아의 〈남자의 인생〉이라는 노래 가사다. 너희는 이런 노래를 들으면 어떻게 생각하는지 모르지만 나는 이런 노래를 들을 때마다 너희를 한 번씩 생각할 때가 있다.

아버지가 네 나이를 살았던 시대에도 어슷비슷한 노래가 없었던 것은 아니지만 그러나 우리는 먹고 살기에 바빠 그런 것에는 신경 쓸 틈이 없었다. 그저 그런 게 있는가 보다고만 생각하고는 흘려들었다는 이야기다.

오늘도 나는 TV 채널을 헤매다가 이 노래를 만났고, 그 노래 속으로 너희들이 하루하루 세상과 더불어 살아가는 모습을 떠올려 보았다.

우리 세상에 가장 많은 생업에 종사하는 사람이 월급쟁이란 이름으로 생활하는 사람들이다. 월급쟁이 가운데서도 그 격차는 천차만별이겠지만 일반적으로 우리가 곧잘 들먹이는 월급쟁이는, 월급으로 그냥저냥 생명을 이어가는 사람들, 다시 말해서 월급봉투 하나에만 매달려서 사는 소시민들이 곧 그들이다.

내가 그렇게 살아왔고, 현재 너희들이 그렇게 살아가듯 그렇게 사는 사람들의 애환이 가사 속에 녹아있다.

나도 너와 같은 생활을 겪어봤기 때문에 너희들이 어떤 생각을 하며 어떤 삶을 살아가고 있다는 걸 잘 안다. 〈남자의 인생〉에 나오는 주인공처럼 오늘이 좀 힘들더라도 내일을 기대하며, 내일에다가 꿈을 가지고 사는 사람들이 월급쟁이들의 생활이다.

너희들과 나는 지금 액면으로는 같은 시대를 살고 있지만 내가 살았던 시절과 지금 너희들이 살고 있는 시절은 분명히 다르다.

언젠가 너희들한테도 한번 말한 기억이 있지 싶은데, 나는 직장생활을 하면서도, 일과를 마친 뒤 저녁으로는 리어카를 끌고 다니며 군고구마 장사를 한 일이 있다. 그것은 당시 내가 당장 호구지책이 어려워서가 아니라 그렇게 장래를 생각하며 살았다는 이야기다.

그것은 사회적 여건도 물론 지금과는 비교가 될 수 없을 만큼 힘들었지만 태어난 출발부터가 남다른 시련 속에서 시작되었기 때문이다.

너희들이 잘 알다시피 어머니(너희들한테는 할머니)는 내가 태어나 채 돌이 되지 않은 나를 할머니한테 남겨두고 어디론가 행방불명이 되었고, 아버지(너희들한테는 할아버지)는 내가 다섯 살 때 국가적 비극인 6.25전쟁 참전용사로 돌아가셨다. 그때 내 나이가 다섯 살, 아무것도 모르는 철부지가 전쟁고아로 버려졌으니 세상에 그런 비참함이 어디에 있겠느냐.

직장생활을 하면서 리어카를 굴렸다는 건 생활에도 도움이 되었지만 나를 새로운 시험대에 올려 극복하는 좋은 경험이 되었다고 생각한다. 흔히 우리가 말하는 "초년고생은 사서라도 한다."는 말이 있는데, 그런 생활이 나의 오늘을 있게 하는 데 큰 도움이 되었던 것이다.

누구든 생업을 이어가자면 시련과 난관은 겪게 마련이라고 본다. 꽃길만 걸을 수 없는 것이 세상이다. 자신의 부주의와 실수로 맞는 재앙도 있지만, 어쩔 수 없이 운명으로 만나는 재앙도 없는 건 아니기 때문이다. 다만 그런 과정을 어떻게 극복했느냐가 있을 뿐이다.

내가 지금까지 살아오면서 가장 큰 충격으로 다가온 시련은 너희 어머니와 사별했을 때 일이다. 네가 겨우 공부를 마치고 취업준비 중이었고, 네 동생이 아직 공부를 하고 있을 때 네 어머니가 저 세상으로 먼 여행을 떠나 버리자 나는 하늘이 무너지는 기분이었단다.

좀 더 네 어머니 건강에 신경을 썼더라면 하는 생각이 늘 내 마음을 아프게 한단다. 너희들이 자리를 잡고 가정이나 제대로 이루는 것을 보고 떠났더라면 하는 아쉬움이 많았지.

그리고 하나밖에 없는 아들이 교통사고로 입원했을 때 너희 엄마와 함께 가슴앓이를 했던 것도 내 생애에서는 잊을 수가 없다.

당시 나는 직장생활의 어려운 고비를 넘기고 중견사원으로 승진하여 마산에 발령을 받고 직장생활의 새로운 전기를 마련하겠다는 생각으로 또 다른 계획을 세우고 있을 때였다. 사고 소식을 듣고 새벽시간 급하게 병원에 달려가 주변의 도움으로 밤을 새워 수술을 하고 안정을 되찾기까지 너무나 힘들었단다.

나한테 가장 고마운 일을 챙겨본다면, 그런 과정을 겪으면서도 너희들이 어긋나지 않고 바른 길을 걸어 무탈하게 잘 성장했다는 것이다. 하긴 내가 살아온 과정과 비교한다면, 비교 자체가 될 수 없지만, 날이 갈수록 자식들한테 쏟는 부모의 지극정성이 유별나기에 한번 해보는 이야기다.

연전에 내가 생각지도 못한 암(림프암)으로 1년이 넘는 기간을 서울을 오르내리며 입원과 통원치료를 할 때 너희들이 나한테 기울인 정성에 나는 큰 감동을 받았다. 자식 둔 보람 같은 것을 절감했던 것이다. 이런 자리를 빌려서 너희들한테 고맙고 감사하다는

어린 손주들과 제주도에서 즐거운 한때를 보내며
사랑스런 손주들아! 세월이 흘러 너희들이 어른이 되면 할아버지는
하얀 할아버지가 되겠지. 우리 서로 힘을 실어주는 사이로 발전하자.

말을 전하고 싶다.

세상에 자식이 잘되기를 바라지 않는 부모가 어디 있겠니. 나도
너희들이 좋은 지위를 가지고 남다른 여건 속에서 호강으로 사는
것을 원한다. 그리고 내가 못 이룬 꿈을 너희들한테 주문해서 대리
만족도 한번 누리고 싶은 것이 솔직한 심정이다.

그러나 그건 어디까지나 부모로서 욕심이지 쉬운 일은 아니잖
니. 나도 못 이룬 것을 너희들한테 요구해 보겠다는 그 발상 자체
가 틀려먹은 일이라고 생각한다.

지금 내가 너희들한테 부탁하고 싶은 것이 있다면 건강하게,

그리고 식구들 무탈하게 거느리고, 남한테 욕 얻어먹지 않고, 웃는 날이 많게 매사에 감사하며 영혼이 따뜻한 삶을 살아가길 바란다.

또 하나 내 곁에서 한 발 떨어져 있는 손주들을 할아버지의 바람이 조금이라도 묻어나도록 잘 키워 달라는 말을 보태고 싶다.

우리 속담에 "하룻길을 가도 소도 보고 중도 본다."는 말이 있다. 이 말은 사람이 한평생을 살다가 보면 이런저런 산전수전의 좋은 일과 나쁜 일을, 원하든 아니든 맞게 된다는 이야기다.

너희들도 이제 공자가 말하는 불혹의 나이를 살고 있으니 세상살이가 어떤 것이란 걸 어느 정도 알고 있으리라 본다. 내가 살아온 인생역정을 한마디로 요약한다면 자신의 능력도 있어야 하지만 운도 따라야 한다고 보는 사람이다. 우리 주변에 엉뚱한 일로 세상을 시끄럽게 하는 일들이 얼마나 많니. 모두가 자신을 제대로 몰라 생긴 일이라고 본다.

나는 요즘처럼 그렇게 알뜰살뜰, 큰 욕심 안 가지고 평범하게 이 나라의 갑남을녀甲男乙女로 살아가는 게 참 보기 좋고 고맙다.

우리 국어사전에 궁팔십달팔십窮八十達八十이란 말이 있다. 강태공이라면 너도 한 번쯤은 들었을 줄 안다. 옛날 중국 주나라의 강태공(본명: 강상)이란 사람이 나이 여든이 넘도록 위수라는 강에서 낚시질로 세월을 보내다가 우연히 임금의 아들을 만나 주나라의 제상이 되었다가, 뒷날 제나라의 초대 임금이 된 사람이다. 다시 말해 80년을 궁하게 살다가 그 끝에 성공을 했다는 사람들의 이야기에 많이 등장하는 말이다.

물론 이런 전설 같은 이야기를 너한테 한다는 건 말이 될 수가 없다. 그러나 흙수저 출신으로도 살다가 보면 더러 운이 닿아 목적한 바 뜻을 이룰 수도 있으니, 나름대로 매사에 열성을 쏟아 살아 달라는 당부를 그렇게 한번 비유해 본 것이다.

꿈을 가지고 사는 것과 달성 유무를 떠나 그것도 없이 사는 사람과는 아무래도 다르지 않겠니. "현실은 개미로 살더라도 꿈은 봉황에 둔다夢鳳生蟻."는 말도 같은 맥락이라고 본다.

부모 된 마음에서 이야기 삼아 해본 말인데, 나도 모르게 또 욕심이 들어간 건 아니지 모르겠다. 그래서 꼰대란 말을 듣는 건 아닌지, 지나친 관심은 간섭이라는 말도 익히 알고 있으나, 그게 잘 안 되는구나.

누가 뭐래도 인연 가운데 으뜸은 만남이다. 만남에는 여러 가지가 있지만 나는 너희들 만난 것을 가장 크고, 아름답고, 소중한 인연이라고 생각한다. 하늘이 맺어준 이 소중한 인연을 사는 날까지 정성으로 키워 가꾸도록 하자.

이번에 병원생활을 한 이후로 '일상의 행복'이 얼마나 소중한지 알게 됐다. 그 전까지만 해도, 무슨 좋은 일이라도 있을까 해서 날만 새면 여기 기웃, 저기 기웃 하며 욕심을 부려보았는데, 이제는 그 울타리를 벗어나기로 했다.

말하기 좋아 나이는 숫자에 불과하다고 앙탈을 부리지만 나이한테는 누구도 이길 수 없다는 걸 또 한 번 절감했다. 순리대로 사는 것도 덕목이란 걸 이번 병원 생활에서 또 하나 배웠다.

요즘 우리 또래 친구들끼리 만나면 꺼내놓는 이야기가 건강타령이다. 그리고 시나브로 휴대폰에 뜨는 지인들의 부고를 대할 때마다 느끼는 건, 내가 지금 어디에 서 있다는 걸 확실하게 일러준다는 사실이다. 말하자면 자족自足이 어떤 것이란 걸 스스로 깨닫게 된다는 것 아니겠니.

"더도 덜도 말고 한가위만 같아라." 이 말을 나는 이렇게 고쳐 쓰고 싶구나. "더도 덜도 말고 오늘도 어제 같았으면 좋겠다."라고. 바로 그런 게 '일상의 행복'이라고 본다.

그러나 지금도 한 번씩 욱하는 생각에 여기저기 헤매고 싶은 심정에서 못 헤어날 때가 있는데, 역마살이 끼어 그런지 속성 때문에 그런지 나도 잘 모르겠구나.

누에고치의 실을 뽑듯 끊임없이 나를 태웠으니까 나이 때문인지 요즘은 아무래도 앞을 내다보며 사는 것보다는 지난날을 돌아보며 사는 비중이 높은 건 사실이다. 그리고 그때마다 지금까지 살아온 게 잘 산 것인지, 아니면 홍수에 떠내려 오는 나무토막처럼 어우렁더우렁 산 것인지 잘 모르겠구나. 나만이 끌어안고 있는 숙제로 남겨두련다.

흐르는 것은
강물뿐이랴

지공, 그들이 정말 재앙인가

누가 붙여 만든 말인지는 모르지만 지하철을 공짜로 타고 다니는, 65세 이상 된 사람들을 '지공地空'이라고 부른다. 10년 전 내가 지공의 문턱에 들어섰을 때 누군가가 내게 한 말이다. 당시는 그 말을 대수롭잖게 우스개로 듣고는 넘겼는데, 지금 생각해 보니 그 속에는 많은 것들이 함축되어 들어있는 것 같아 마음이 무겁다.

그 가운데서도 가장 무거운 것이 차비가 들지 않는다고 너무 많이 쏟아져 나와 설친다는 지청구다. 하긴 경로석이 따로 마련되어 있지만 그 범위를 벗어나 일반석까지 점령하고 있으니, 노인 가운데 한 사람인 내가 봐도 좀 답답할 때가 있다. 하지만 세상에 어떤 사람이 일도 없으면서 단순히 지하철을 타기 위해 돌아다닐까.

대한 노인회에서 출퇴근 시간대에는 출입을 좀 자제해 달라는 당부까지 있는 걸 보면, 지공을 보는 세상 사람들의 시선이 어떠하다는 건 짐작이 간다. 어쨌거나 한번 다시 생각해 볼 필요는 있다. 그렇다고 그 사실을 재앙으로 본다면 그런 서글픔이 없다.

'나이가 많은 사람. 늙은이.'

국어사전에서 노인을 풀이해 놓은 말이다. 나이가 많다는 그 기준을 어디에 두고 있는지 모르지만 그렇게 설명이 나와 있다. 우리는 현재 65세를 기점으로 그 이상의 연세를 '어르신' 으로 성문화시켜 놓고 경로 대우를 하고 있다.

65세 이상의 고령인구가 7%가 넘으면 고령화 사회가 되는데 이미 우리는 2000년도에 그 과정에 들어섰다. 단어 가운데 늙을 노老 자가 들어가서 좋은 말은 좀처럼 찾기가 힘들다. 이미지가 좋지 않다는 이야기다. 노추老醜가 그렇고 노회老獪가 그렇다.

좋은 말이라야 노마지지老馬之智 정도이다. 그것도 사람이 아닌 말을 칭송해 놓은 터다. 그러하니 서러울 수밖에 없다. 거기에다가 경제적 궁핍까지 보태진다면 그 서러움은 더하다.

소는 움직이면 똥을 싸고 사람은 움직이면 돈이 든다. 시골에서 부자라는 과수원 가진 사람들도 밭에 능금 떨어지면 돈 떨어진다는 말이 있듯, 월급쟁이들도 퇴직을 해 월급 안 나오면 돈이 떨어진다는 건 지극히 당연한 사실, 그들의 주머니도 냉기가 돈다는 건 불을 보듯 뻔한 일이다.

세상에 나이 안 먹고 사는 사람이 있을까. 그게 허물이 되어서는 천만에 안 된다. 나이는 사람만 먹는 게 아니라 이 세상에 존재하는 물건이면 다 먹게 돼있다. 이 나라 노인들은 나이를 먹어도 공으로 먹은 게 아니다. 오늘날 우리 사회가 이만큼 성장된 이면엔 그 나이가 밑거름이 되었다는 건 누가 뭐래도 부정할 수가 없는 사실이다. 그런데 그 나이를 재앙으로 치부하는 사람이 있다니, 세상에 이런 서러움이 있는가.

퇴직자 모임 사단법인 'kt동우회'

우리 K통신 동우회 D본부에는 2,000명 가까운 회원이 등록되어 있다. 본회本會는 서울에 있고 각 시도 단위로 본부가 구성돼 있으며 전체 회원은 2만 명이 훨씬 넘는다.

회원 자격은 kt통신에 몸담았다가 정년 또는 명퇴한 사람으로 본인이 희망하면 누구나 될 수가 있다. 재직 시의 직위로 보면 장관 지낸 사람에서부터 고용원직에 이르기까지 여러 계층의 사람이 다 들어있으나 회원이 되면 누구나 지난날의 위계와는 관계없이 동급의 친구, 즉 동우同友로 지내는 걸 원칙으로 하고 만든 사단 법인체다.

공직에 있다가 나온 사람들이 퇴직 후에도 인간관계를 지속하기 위해 동우회란 이름으로 만든 단체는 여기저기에 많다. 그들 가운데는 전관예우 같은 유별난 행동으로, 또는 구설에 오르내릴 만

큼 많은 이재理財를 이뤄 운영하는 단체도 있지만, 우리 kt동우회
는, 회원들이 정기적으로 내는 회비와 협찬금으로 운영하는 순수
한 친목단체다.

100여 평 남짓 되는 우리 동우회 사무실은 세 개의 방으로 나눠
서예, 바둑 등 회원들 기호에 따라 서로 편하게 즐길 수 있도록 해
놓았다. 하루 평균 3, 40여 명의 회원이 들쑥날쑥 나와서 그곳에서
시간을 보낸다. 무상으로 커피 정도의 음료도 제공하며 K통신의
협조로 시내, 시외 전화도 무료로 사용할 수 있도록 해놓았다.

회원 평균 연령은 64, 5세쯤 되지만 자주 나오는 사람들은 70
안팎의 회원들이 주류를 이룬다. 그보다 더 아래층은 젊기 때문에
아직은 생활전선에서 뛰어야 하는 것도 그렇지만, 기성(?)회원들
과 나이 차이에서 오는 거리감으로 주춤하는 상태이고, 그 위층은
몸이 말을 듣지 않아, 공식행사 외에는 출입을 삼가고 있는 것으로
보면 된다.

여기에서 회원들이 하는 일도 동네 사랑방에서 일어나는 일과
흡사하다고 보면 된다. 흘러간 이야기들을 쏟아놓고 회억回憶 속에
잠깐씩 빠져드는 것도 그렇고, 바둑이나 고스톱을 치며 여가를 보
내는 것도 그렇고, 가끔 듣게 되는 친구의 자식자랑도 그렇고, 쓸
데없는 일인 줄 알면서도 신문이나 TV를 보다가 열을 받아 핏대를
세우는 것도 그렇다.

한쪽에서는 골프 치는 이야기, 다른 쪽에서는 PC로 주식 정황
을 알아보고, 또 다른 쪽에서는 어제 부인과 같이 산나물을 뜯어왔

다는 이야기를 해도 전혀 어색하지 않은 곳이 우리 동우회 사무실이다. 여기 등록된 회원이라면 길게는 40년, 짧아도 20년 이상은 kt통신에서 몸을 바친 사람들이다. 그러니까 그들은 관계의 호불호好不好를 떠나 모두가 20년 내지는 40년 지기知己들이다. 말하자면 그놈의 정 때문에 다시 묶어놓은 것이 동우회란 틀인 셈이다.

위계位階의 직장생활을 하다가 나온 사람들이기 때문에 한때는 모두 높고 낮은 직위를 다 가졌던 사람이다. 그렇다고 직장을 나와서까지 그 직함을 그대로 부를 수는 없다. 과장은 일흔이 넘어도 과장이고, 부장은 갓 퇴직하고 나온 사람도 부장이기 때문에 얼마든지 위화감을 조성할 수도 있기 때문이다. 그런가 하면 시골의 면장 댁은 대를 이어서까지 면장 댁이라는 우리 문화도 외면만 할 수 없는 게 현실이다. 거기에다가 퇴직 후 새로운 일에 종사하는 사람들한테는 그 직장에 따른 새로운 직함도 붙는다. 어제의 과장이 오늘은 사장으로 변한 것이 대표적인 예다.

동우회에 가장 큰 걸림돌이 호칭문제다. 대안으로 여러 가지 안이 나왔다. 그중 하나는 아호雅號를 저마다 하나씩 지어서 부르면 어떻겠느냐는 안이다. 직장생활을 해온 요즘 사람들한테는 생소한 것이지만 모두 연치로 봐서 아호를 가질 연배도 된 터라 한번 시험해 보았다. 그러나 그것도 생각처럼 어울리는 건 아니었다. 아호 뒤에 지난날 직위가 따라붙어 옥상옥屋上屋이 되는가 하면, 열 살 터울 연상한테 아호만 달랑 부른다는 것도 이상하긴 마찬가지기 때문이다.

선배, 후배 호칭이 제일 무난하다는 안도 있었다. 학교에선 먼저 졸업한 사람이 선배이듯 직장에도 먼저 퇴직한 사람이 어쨌건 선배이니까 김 선배, 이 선배 하면 된다는 것이다. 그러나 여기에도 문제가 없는 건 아니다. 나이와 계급은 비례하는 것이 아니기 때문에 젊은 상위직 출신이 받아들이기 어려운 모양이다. 편법의 하나로 서로가 사장社長으로 부르는 방법도 있다. 명동거리에서 사장님 하고 부르면 열에 아홉은 돌아보고 안 돌아본 한 사람은 전무라는 유행가 가사를 떠오르게 하는 대목이다.

얼마 전에는 실제로 이런 일이 하나 있었다. 한 예식장에서 재직 시 국장과 그의 승용차 운전기사였던 사람이 만났다.

"어이, 김 기사 오랜만이여."

국장의 말이었다. 물론 상대를 비하시킬 목적으로 그렇게 부른 건 아닐 것이다. 어쩌면 본인은 친밀감으로 뱉은 말인지도 모른다. 하지만 결과는 정 반대로 나타났다.

"이봐여, 내가 아직도 당신 기사여. 말 좀 조심하시우."

직장 그만둔 지 10여 년이 넘어 머리에 서리가 앉은 사람으로서 받아들이기가 어려웠던가 보다. 재직 시 고용직으로 있으면서 수도 없이 들은 말인데, 떠난 뒤에까지 따라다니며 듣게 되었으니 본능적으로 반감이 나타났던 모양인데, 충분히 납득이 가는 일이기도 했다.

뒷이야기는 더 말할 필요도 없다. 당사자들은 물론 주변에서 듣는 사람들도 당황스러울 수밖에 없는 사건임에랴. 이런 일까지 생기고 보니 요즘 우리 동우회에서의 호칭은 모두 신경을 많이 쓰는 편이다. 당사자들끼리 해결하는 수밖에 다른 방법이 없다.

아호를 그럴싸하게 쓰는 사람들이 있는가 하면, 김 선배와 박 후배, 김 형과 박 형, 김 사장과 박 사장 등이 적당하게 공용되고 있으며, 골프 치는 이는 그쪽 문화를 적당히 혼용해 김 프로, 박 프로로 부르기도 한다. 대여섯 명으로 조직된 계모임의 회장도 회장으로 통용되며, 심지어는 아들이 운영하는 병원 이름을 따 원장이라 부르는 이도 있다. 모두 그만큼 호칭에 신경을 쓰고 있다는 뜻으로 받아들이면 되지 싶다. 이런 일에도 과도기가 있는지, 또 앞으로 어떠한 모습으로 나타날지 모르지만 하나의 문화로 자리 잡기까지는 많은 시간이 걸리지 않을까 생각해 본다.

내가 동우회 한 역할을 맡으면서 요즘 한 가지 추가한 것이 있다. 자신에게 기분 좋은 일이 생기거나, 자식이나 손자 자랑을 하려면 오후 참 시간에 간단하게 음식 준비를 하도록 했는데 이게 분위기를 살리고 있다.

필요악, 고스톱

우리 동우회에서 신나게 자랑할 게 하나 있다면 그건 오락실이다. 이름은 오락실이지만 쉽게 말해 고스톱 치는 장소다. 입구엔 고우수도부古友修道部라는 글씨가 하나 붙어있다. 고스톱을 해학적으로 한역漢譯한, '친한 동료들끼리 도를 닦는 곳'이란 뜻이다.

고스톱을 곱지 않은 눈으로 보는 우리네 정서 속에서, 이처럼 공개적으로 고스톱을 치는 곳을 마련해 두고 상습적으로 치는 곳은 그리 많지 않으리라 본다.

그것도 어제, 오늘 생긴 것이 아니고 벌써 20년이 넘게 그렇게 해왔으니 말이다. 고스톱을 칠 수 있는 최소한의 인원은 3명, 최대한 인원은 6명이다. 고스톱 판을 벌릴 수 있는 대臺가 네 개 있으니까, 24명은 언제든지 수용할 수 있는 상설시장(?)을 갖춘 셈이다.

여기에서 규율은 엄하다. 이를 안 지킨 사람은 누구라도 여기에서는 퇴출된다. 지금까지 아무런 탈 없이 고스톱을 즐길 수 있는 건 이런 엄한 불문율 때문이다.

몇 가지만 짚어보자.

점에 백 원이다. 어떠한 경우든 그 이상은 허용하지 않는다. 외상 거래도 불가다. 시간도 퇴근시간을 넘길 수는 없다. 설사를 하면, 한 사람이 다른 두 사람한테 2백 원씩을 받는다. 이는 좀처럼 보기 드문 우리 동우회서만 통하는 수칙인데, 수입과 지출을 최소화하기 위한 방안이다. 한도는 5천 원으로 했다가 최근에 만 원으로 인상했는데 하루에 한두 번 나올까, 말까다.

하루 평균 서로 잃고 따는 금액은 예외가 있긴 하나 평균 5천 원에서 만 원 안팎이다. 요즘 어디 가서 놀더라도 하루해를 보내는 데 그 돈 안 쓰곤 놀 수 있는 곳은 없다는 데 입법 취지(?)가 있다. 그렇다 보니 사람에 따라서는 아예 고스톱 때문에 출근하는 이도 있다. 오락실 벽에는 이런 글이 담긴 전서체 족자가 하나 걸려있다. 고스톱 좋아하는 서실 회원이 자필로 쓴 글인데, 베낀 것인지 자작인지는 모르겠다.

雖不蝕善哉古友(수불식선재고우), '비록 내가 먹지 못하더라도 고우를 한번 불러보는데 친구들 간에 정이 쌓인다.' 는 내용이다.

1점당 100원씩 주고받기로 하고 속칭 '고스톱' 을 쳤다면 도박일까, 오락일까. 아직까지 오락으로서는 고스톱을 따라올 것이 없다. 특히 상갓집에서 고스톱으로 밤을 새는 일은 상주를 위로해 주는 일이라 생각하고, 상주 돈을 빌려서 하면 끝빨이 난다고 자기 돈이 있으면서 일부러 상주한테 빌려서 하는 친구도 있다.

나는 마산 근무 시절 객지의 무료한 밤 시간을 고스톱으로 보낸 일이 있다. 그 이후 자칭 고스톱 교장이라고 하고 다닌다. 그러다가 한번은 후배들이 새벽에 고스톱 시비로 자기들끼리 판정이 나지 않자 고스톱 교장인 나에게 전화가 와서 판정을 해주고는 두고 두고 원망을 들은 적도 있다.

즉 오락과 도박의 구분은 경찰 계산법은 하도 복잡해서 자신의 하루의 일당을 넘어서면 도박이고, 하루 일당 이내면 오락으로 하면 어떨까 나름대로 답을 내 본다. 우리가 치는 고스톱은 노름이 아닌 건전한 여가선용이란 사실을 만천하에 알리기 위해서다.

한 가지 이상한 것은 게임이 끝나고 계산을 해보면 딴 사람의 돈 액수와 잃은 사람의 돈 액수가 맞지 않는다. 그래서 어떤 사람이 왜 안 맞는가를 알아보기 위해 자기 집 큰방에 문을 잠그고 화투 한 모를 놓고는 3패로 나누어 만 원씩 혼자서 세 명이 치는 방식으로 몇 시간을 쳤다.

그러던 중에 부인이 이 양반이 혼자서 하루 종일 뭘 하는지 궁금해서 화장실 간 틈에 큰방에 들렀더니 3군데에 돈이 있는 것을 보고는 웬 떡이냐 싶어서 한 자리에 천 원씩 슬쩍 챙겨 나갔다.

이런 사실도 모르고 몇 시간이 지난 후 세보니 3만 원이 되어야 할 돈이 2만 7천 원밖에 없었다. 그는 무릎을 쳤다. 혼자 치는 고스톱도 안 맞는데 여럿이 한 놀음이니 맞을 리가 없지 하고는 고스톱은 혼자서 쳐도 돈이 맞지 않는다는 결론을 내렸다는 이야기도 있다.

우리 회원들 고스톱 관觀에는 긍정적인 면이 많다. 일찍이 고스톱이 없었더라면 노후를 어떻게 보낼 뻔했을까 싶을 만큼 애착을 갖는 놀이로 본다. 혹 사람에 따라서는 돈이 오가니까 노름에다 비중을 둘지 모르지만 여기 우리들은 그렇게 생각하질 않는다. 산업사회의 오락이란 농경사회의 오락과는 다르다. 많고 적음을 떠나 경제적 손익이 생겨야 재미가 있고 할 맛이 난다. 아무리 고스톱을 즐기는 사람이라도 오가는 것 없이 치라고 해보라, 아무도 치는 사람이 없다.

바둑 역시 무척 신성한 놀이 같지만 그냥 두라고 하면 두 판 이상은 못 둔다. 기원에 가보면 잘 알 수가 있다. 천 원짜리 한 장이라도 묻어두어야 하고, 자장면 내기라도 해야만 둔다. 같은 칼이라도 강도가 들면 무기가 되지만 의사가 들면 죽을 사람을 살려내듯, 화투도 치는 사람이 어떻게 치느냐에 따라 패가망신과 여가선용을 넘나든다는 이론을 내세워, 우리 동우회에서는 후자를 택한 것이다.

만약 고스톱이 없다고 해보자. 회원들이 모여서 하는 일이란 뻔하다. 술이나 마시고 이놈저놈 찍어다가 욕하는 일밖에 더 있겠는가. 바로 이게 우리 동우회 회원들이 고스톱을 사랑하는 까닭이다.

그러니까 20년을 넘게 화투 속에 묻혀 살아도 큰 말썽 없이 어제도 오늘처럼, 오늘도 어제처럼 고스톱을 즐기며 시간을 보내고 있는 것이다. 이제 누가 뭐라든, 우리 회원들에게 고스톱은 유일무이한 낙이 되었다. 바둑도 있고, 최근엔 인터넷 오락도 많지만 어느 것도 고스톱을 따르지 못한다. 그래서 요즘은, 우연히 모였기 때문에 소일의 한 방편으로 고스톱을 치는 게 아니라, 고스톱을 치기 위해 찾는 회원이 많다. 어떻게 등장한 말인지는 모르지만 치매에 좋다는 말이 나돌고부터는 더 활성화된 셈이다.

칠순 자축연

점심 먹고 3시쯤 돼 느지막이 동우회에 들렀더니 동료 한 사람의 칠순 자축연이 벌어지고 있었다. 가끔 우리 동우회에서 볼 수 있는 풍경 가운데 하나다. 참석자는 스무 명쯤 될까, 특정한 사람을 초청형식으로 하는 게 아니라 그날 모인 사람들끼리 자연스럽게 이루어지는 잔치가 된다.

술잔을 채워 들게 하고는 동료 한 사람이 건배를 제의한다.

"이번에 해명海明 선배가 칠순을 맞았습니다. 일주일 동안 호주로 기념여행을 떠났다가 어제 돌아왔습니다. 여비 남은 것으로 조촐한 술상을 마련했으니 기분 좋게 한 잔씩 드십시다. 자, 우리 회원들의 무병장수를 위해…."

이런 식으로 운을 떼어 분위기를 잡아주면 술자리는 자연스럽게 무르익게 되어있다. 해명은 그가 동우회 회원이 되고 지은 아호다. 운만 띄어놓고 술잔이 돌아가게 되면 다음 이야기는 절로 이어지게 되어있다.

이어서 이 사람, 저 사람 입에서 만리장성, 장가계가 나오고, 에펠탑이 나오고, 백두산 이야기가 줄줄이 이어 나온다. 모두 그 자리에 앉은 사람들은 한두 번씩은 이미 들은, 리바이벌한 이야기들이지만, 하는 사람도 신이 나고 듣는 사람도 맞장구를 치며 들어준다. 자기네들도 바닷물 건너 구경을 했다는 자랑들인 셈이다.

"우린 너무 늦었어. 진작 한 번씩 댕겨와야 하는 건데 말야. 그것도 나이라고 이자 맨손으로 기냥 따라댕기는 거도 힘이 달리더구만."

"미국을 가든, 구라파를 가든 한 번만 댕겨오믄 돼. 나는 구경 갈라고 갔는 기 아이고 정말로 그런 나라들이 거기 있능강 확인하러 가봤다니께."

"또 노랑 깃발만 쳐다보고 왔능 거 아녀."

"나는 이제 외국엔 더 안 나갈 거다. 그 돈 있으믄, 팔도강산에

도 안 가본 데가 수두룩한데 그런 데나 조용히 한 번 둘러볼 참이
구마."

"사람들은 미국이 조으니 어쩌니 하더라만 나는 하나 존 거 없
더라. 이젠 누가 오라고 빌어바라, 가능강."

김만수 씨 이야기다. 그에게는 그런 까닭이 있다. 그는 작년 가
을 아들의 초청을 받고 미국을 다녀왔다. 아들 내외가 미국에 살고
있는데, 자식이 어떻게 살고 있는지 궁금해 미국을 한 번 다녀왔다
면서, 여러 사람들 앞에서 이런 말을 뱉은 적이 있다.

"야, 이 사람들아, 한번 들어보기나 해바라. 시상에 이런 노무
꼬라지가 어데 있노 말이다. 며느리가 퇴근을 했답시고 들어와 마
루에 턱 걸터 앉으이까, 나랑 같이 앉아있던 자식 놈이 얼른 나가
서 지 여편네 장화(부츠)를 빗겨 주더라 카이. 그것도 지 애비가 떠
억 보는 앞에서 말이다. 시상에 이기 무슨 꼬라지여. 맘 같아서는
달고 있는 걸 떼냈던지라 카고 싶더라만. 미국 물이 들어도 오지게
들었지. 한 달 계획으로 갔다가 그런 노무 꼬라지가 보기 싫어 사
흘 있다가 안 나왔나."

모르긴 해도 그 이야기를 많이 들은 사람은 서너 번도 더 들었
을 것이다. 그는 자식의 그런 행동에 큰 충격을 받은 모양이다.

"지금 우린 남이 장에 가이까, 거름 지고 따라가는 거하고 똑같
은 거여. 촌놈 소리 안 들을라고 나댕기는 거하고 똑같다 이거야.
물론 가 볼 사람들이사 당연히 가 봐야지. 돌아댕겨서 얻은 기 머
가 있더노 말이다. 구경 가는 기 아이라, 그건 돈 내던지러 가는 거

여."

"그래서 안 가더라, 백두산에도 구름 끼서 다 못 밧다고는 두 번이나 갔다와놓고는."

"모르겠다. 대한민국 곗돈은 여행사에서 거둬 외국에 다 갖다 준다는 말도 있더라만, 아이그, 세상이 그런데 우짜겠노. 그래 따라가는 수밖에는."

"동남아는 다 돌아댕겨 봤다만 우리나라보다 나은 게 뭐가 있더노. 아무것도 볼 거 없더라 카이. 인도네시아 거 무슨 호텔이더라 거긴 울 동네 목욕탕보다 못하더라이까."

"그래도 제주도 이박 삼일 다녀올 돈만 들이면, 중국 땅 사박 오일 다녀올 판인데 자네 같으믄 어델 가겠노. 그러이까 자꾸 나가는 기라."

"다른 데는 안 가봐서 모르겠다만, 동남아 이쪽으론 우리나라 사람들이 그리큼 많노. 식당마다, 관광지마다 모두 우리나라 사람들뿐이더라카이. 우리가 언제부터 이렇게 잘살았노 싶은 기, 나는 솔직히 부끄럽더구마."

"구경 가는 기 아이라, 돈 갖다 내삐리러 가는 거 아이가. 서로 뜯어묵고 사는 기라 카지만 우리 국민들도 자숙할 사람들 많다. 알기를 그래 알믄 댄다."

술이 한 잔씩 들어가자 그들 입에서는, 그것도 빠지면 못난 축에 들까봐 저마다 다퉈가며 안 하는 소리, 못 하는 소리가 없다. 이야기가 다른 곳으로 길을 꺾는다. 술이 그쪽으로 안내한다.

"그래, 그건 그렇다 치고. 자네가 벌써 칠순이다 이거지."

회원 중 해명과 가깝다는 이의 이야기다.

"그렇잖아도 이번에 여행하문서 그거밖에 생각 안 했다. 우리 집안에서는 남정네가 칠순 넘긴 사람이 없었거등. 아버지도 환갑 겨우 넘기고는 돌아가셨고, 할아버진 환갑도 못 채우시고, 그런 집에서 내가 이래 오래 산다카이 신기하기도 하고 그러쿠마. 내가 정말 칠순이 맞기는 맞는가 해서 울 집사람한테 한번 물어보기까지 했다카이. 도무지 실감이 안 나. 이래 살다간 팔십, 구십도 쉽기 넘기지 싶은데."

"아인 게 아이라, 요새 모두 참 오래들 사는 기라. 우리가 어렸을 때만 해도 동네에서 일흔 노인 구경하기가 힘들었는데."

"어쨌거나 여기 나오신 분들은 그래도 복 받은 분들입니다. 지금 우리 회원들 중에도 기동이 어려운 분이 여남은 명이 넘습니다. 병원에 있는 사람도 네 분이나 있고, 요양원에도 가 있고."

또 이야기 방향이 바뀐다. 술의 힘을 빌려 저마다 하고 싶은 답답한 자기 속을 털어놓으려다가보니 이야기가 왔다갔다 한다.

"난 올해 설을 거꾸로 쇠었구만."

그들 가운데서도 연장자인 백수(白樹: 아호)가 없는 듯이 실컷 남의 이야기를 듣고만 있다가 뱉은 말이다. 그러면서 그는 이런 이야기를 별렀다는 듯이 꺼내놓는다.

그믐날 서울에 살고 있는 큰자식 내외가 내려온다는 연락을 받았다. 그런데 집에 들어올 시간이 지났는데에도 나타나질 않았다.

버스나 승용차 편이라면 지연될 수도 있다지만 기차로 내려온다고 했기 때문에 지연될 이유가 없다. 넉넉히 두 시간을 더 기다리다가 행여나 하곤 사돈댁에 전화를 한번 해 보았다. 물론 느낌이 이상해서다. 자식이 거기에 있었다. 지난 추석 때 내려오고 처음 내려오면서 처가를 먼저 들른 것이다.

백수로선, 지금까지 자기가 배워온 범절로선 자식들의 행동이 이해할 수 없다는 정도를 넘어 반란으로 본 것이다. 그 자리에서 그는 지금부터 너는 내 자식이 아니다, 처가살이를 하든지 네 맘대로 하라고는 전화를 끊었다. 이내 자식들이 돌아와 사유를 늘어놓으며 잘못을 빌었지만 그는 문을 단단히 잠가둔 채 끝까지 받아들이지 않았다. 그러자 그만 자식도 아버지의 성질을 잘 아는 터라 하룻저녁을 처가에서 보낸 뒤 서울로 올라가버렸다.

설 다음 날부터 출근을 하기 때문에 그렇게 되었다면서 서울에서 걸려온 자식의 전화를 아내가 받긴 했는데 마음은 편치 않다는 것이다. 이야기 끝에 그는 이런 질문을 명제命題로 내놓았다.

"하나 물어보자. 이런 경우 난 지금도 용서가 안 되는데 임자들 같으믄 어찌 하겠나?"

"곡절이 있을 거 아니오. 왜 거기를 먼저 갔는지."

"곡절은 무슨 얼어 죽을 곡절이고. 처남이 차를 가지고 나와 그만, 그쪽으로 먼저 갔다는데, 그건 이유가 될 수가 없지."

답은 여러 가지로 나왔다. 며느리가 생각이 좁았다는 사람, 그만 모른 척 받아들일 것이 아니냐는 사람, 나도 똑같이 그렇게 하겠다는 사람, 그러나 제 아버지를 만나지 않고 서울로 올라간 건 자식한테 잘못이 있다는 사람, 문을 안 열어주는데 무슨 재주로 만날 수 있느냐는 사람 등 여러 가지다.

"요샌 세상이 어디로 굴러 가는지 모르겠더라이까. 그놈들이 내 성질을 번히 알면서 그런 짓을 했다카는데, 그게 난 울화통이 터진단 말야."

"세상 돌아가는 건 아무도 몬 막는다. 따라가는 기 상수다. 힘이 없으문 도리가 없는 거여."

"시끄럽다. 지 성姓 지대로 가지고 있는 것만으로도 큰 다행으로 알아라. 이자 좀 있어바라 카이, 호주젠가 먼가 그것도 없어지고 했으이 제사도 제대로 몬 얻어 묵는구마. 지금, 시상이 그래 돌아가는 거 아이가."

세상을 지배해 오던 유교문화가, 그 속에서 뼈가 굵어온 자신들의 이데올로기가 마침내 흔들린다는 것일까, 주고받는 이야기들 속에 땅이 꺼지는 한숨도 섞인다.

칠순 잔치 분위기로 시작된 이야기는 이제 끼리끼리 붙어 갑론을박이다. 그나마 듣는 사람은 하나도 없고 저마다 일가견으로 떠드는 사람들뿐이라 거의 난장판에 가까운 풍정을 만든다.

그때쯤 누군가가 더 붙들고 자꾸 이야기해 봐야 그 소리가 그 소리일 뿐 더 이상 뾰족한 수가 없다는 걸 알고는 벌떡 자리에서 일어나며 말한다.

"짜른 밤에 자꾸 물레질만 할 거야. 공장도 돌리야지. 자, 그만들 드시고 자리를 한번 옮겨보더라구."

제2의 인생을 찾아서

우리 동우회에는 별도로 공간을 가지고 있는 모임이 하나 있다. 청묵회靑墨會라는 서예활동을 하는 사람들의 모임이 그것이다. 현 회원은 30여 명. 우리 동우회의 창립과 역사를 거의 같이했으니까 30년 가까이 된다.

월, 수, 금요일은 그들의 정기 수업일이다. 여기에 몸담고 있는 사람들은 대부분 10년 이상 된 사람으로 이미 각종 서예전시회에 출품을 해서 시상한 이력을 갖고 있다.

특, 입선은 물론 추천작가로서 활동을 하고 있는 사람들도 있으며, 요즘도 계속해서 더 큰 세계를 꿈꾸며 경력을 쌓고 있다.

사람에 따라서는 나이가 있는데 지금 붓을 들어 무슨 팔자 고칠 일이 있느냐며, 차라리 그 시간에 딴 거 하는 게 낫지 않느냐고 빈정거리는 시각도 있지만, 여기에 나오는 사람들은 천만에 말씀이다. 제2의 인생을 묵향 속에서 보내는 새로운 삶을 도모하고 있다. 그들 가운데는 자기의 글이 나름대로 인정을 받아 곳곳에 걸린 사람도 있다. 그들은 그것을 하나의 자부심으로, 또 하나의 성취감으로 치부하고 있다.

금년 봄에는 달서구청의 지원을 받아 월배 지하철역에서 지역

주민들한테 '한 가정 한 가훈 갖기 운동'을 전개, 일주일 동안 캠페인을 벌여 무료로 가훈을 써주는 행사를 가져 호평을 받은 일도 있다.

동우회에는 서예모임 외에도 여러 모임이 있어 저마다 그쪽 활동을 신나게 하고 있는 사람들이 많다. 색소폰과 하모니카, 가야금 등의 연주자들 모임이 있는가 하면 농악단을 조직, 사물놀이로 각종 행사에 출연도 한다. 그들 가운데 몇몇은 이미 CD를 내어 활동 영역을 꽤 넓힌 이도 있다.

시중 문예지에 생활수필로 등단을 해서 나름대로 지평을 확보해서 활동을 하는 회원들도 더러 있다. 대부분 퇴직 후에 맞은 일들이라 전문인들에 비하면 능력이 못 미치지만 열성 하나는 누구 못지않게 활동적이다.

낚시모임이나 바둑모임, 파크골프모임 같은 동호인조직도 마찬가지다. 말하자면 그동안 마음엔 항상 두고 있었지만 직장 때문에 묶여 있다가, 좀 늦긴 하지만 이제야 새로운 자기를 발견, 그 길을 찾아 동분서주하고 있는 것이다.

'들꽃 봉사단 모임'은 정기적으로 보훈청에서 선정해 주는 사람들을 찾아 돕고 있다. 호스피스로 활동하는 회원들도 있다.

그 가운데는 내가 중심이 되어 활동하고 있는 '책사랑 모임'도 있다. 회원들이 매월 읽고 싶은 책을 한 권씩 선정, 읽게 해서, 한 달에 두 번 만나 읽은 책의 내용을 서로 토론하며, 인생을 주요 담론으로 지난날을 돌아보며 새로운 내일을 모색하는 모임이다. 나

kt동우회원들과 함께

는 여기서 읽는 책을 프레젠테이션해서 새로운 강의안을 하나씩
만들어 가고 있다. 좀 더 나이 들어 실버타운에 가면 그곳에서 봉
사를 할 생각이다.

　자기 자식한테 물려줄 자서전을 쓴다는 사람도 여럿 있으며,
요즘도 열심히 거기에 매달려 마지막 정열을 쏟는다. 엄동설한에
전신주에 매달려, 또는 맨홀 속에서 낮을 밤으로 알고 살았는데,
이 나라가 오늘날 정보통신 강국으로 있게 한 주역인데 왜 할 이야
기가 없겠느냐는 게 그들의 주장이다.

　"백범일지도 한번 읽어봤지만 별 거 아니더라구. 김구 선생이
썼으니까 그만큼 유명한 거지. 혹시 또 알아, 나중에 우리 이야기
가 이 나라 문화사에 어떤 보탬이 될는지."

농으로 던지는 말이기는 하나 그 꿈이 야무지고 놀랍다.

궁팔십달팔십窮八十達八十이란 말이 있다. 우리한테는 강태공으로 잘 알려진, 그는 여든 나이가 되도록 때를 기다리며 가난하게 살다가 마침내 그 나이에 주인을 만나 제齊나라의 임금에 오른 그 태공망이 우리나라 국어사전에 올려놓은 단어다. 혹 우리 동우회 회원 가운데서도 그런 사람이 안 나온다는 보장이 어디 있느냐고, 나도 감히 한 번 참견해 본다.

익은 감도 떨어지고 생감도 떨어지고

작년 가을부터 금년 봄까지 6, 7개월 동안 우리 곁을 떠난 회원이 5명이나 된다. 모두 나랑은 그냥저냥 지내는 사람들이다. 어느 죽음치고 슬프지 않은 것이 있을까만 그 가운데서도 김장수 씨의 죽음은 너무 안타깝다. 퇴직 후 4, 5년 뒤 전원생활을 한다며 시골에 들어가 산다는 소문을 들었다. 부인과는 제대로 협의가 안 되었던지 혼자 들어갔는데, 서로가 필요할 때 한 번씩 내왕한다고 했다. 그러던 어느 날 부음이 날아든 것이다. 나는 직접 가보지는 못했지만, 나중에 빈소를 다녀온 동료 계원들의 이야기를 들음으로써 그의 죽음이 어떠했다는 것을 알 수가 있었다.

"말은 안 해도, 언제 죽었는지 확실하게 죽은 날짜도 모른다는 거야."

"그게 무슨 말인가?"

"이쪽에서 종일 전화를 걸어도 안 받고 하길래 혹 싶어 찾아가 보이까 죽어 있더라는 거야. 그러니까 언제 숨을 거뒀는지 그것도 모른다는 거지."

"그럼 가족들이 임종도 못 했구만."

"언제 죽은지도 모를 판인데 임종이 다 뭐꼬. 제삿날을 어느 날로 잡아야 좋은지 걱정을 하더라이까."

두어 마디 주고받은 이야기만으로도 김장수 씨의 전원생활, 아니 혼자 산 시골 생활이 어떠했다는 건 충분히 알만했다. 그리고 정운영 씨의 경우도 당황스럽기는 만찬가지다.

밤에 자다가 갑자기 호흡곤란으로 헉헉 하며 몸부림을 치기에 119를 불러 병원에 갔더니 이미 숨을 거둔 뒤라는 것이다.

평소 심장이 좀 안 좋다는 지병을 가지고 있긴 하나 그게 2, 30년 전부터 있었던 것이라 지금까지 약으로 무탈하게 지냈기 때문에, 설마 그렇게 임종을 맞을 줄은 몰랐다는 게 가족들의 이야기다. 모두 칠순 나이를 넘긴 사람들 이야기니까 연치로 봐서는 살만큼 산 나이라고 하지만, 저마다 백 세를 뒷집 강아지 이름 부르듯 구가하던 사람들이기에 더 우리를 어리둥절하게 만든다.

그런데 이상한 건, 모두가 죽음을 머잖은 곳에 두고 살아 그런지, 근간에 와서는 절친한 친구들의 죽음을 덤덤하게 받아들인다는 사실이다. 말하자면 또 한 사람이 우리 곁을 떠났구나, 생각할 뿐 크게 안타까워하거나 애달파하는 사람도 없는 듯했다.

일흔 고개에 얹힌 사람치고 약 하나도 안 먹는 사람은 드물다. 고혈압, 당뇨, 관절염, 고지혈, 두통, 전립선, 위염 따위의 노인성, 퇴행성 질환 가운데 한두 가지는 다 가지고 있으니 어쩔 수가 없다. 고스톱을 치다가도, 바둑을 두다가도 한 사람이 약을 먹으면 하품이 전염되듯 아 참, 하곤 연쇄적으로 약을 따라 먹곤 하는데, 그런 것도 우리 사무실 풍정의 하나가 된 지 오래다.

"죽을 때 죽더라도 안 아프고 살았으면 안 좋겠나."

"무슨 일이 있더라도 치매는 안 걸려야 될 텐데."

"젠장할, 지 몸 지가 건사 못 하면 그때는 죽어야제. 그게 가장 잘 죽는 거라고. 축복이 따로 없다이까."

"오복 가운데 고종명考終命이 왜 들어가 있겠나. 웰다잉이 그만큼 가치 있다는 거 아이가."

"어디 죽는 데 순서가 있나. 익은 감도 떨어지고, 생감도 떨어지고 그런 거지. 그걸 누가 지 맘대로 한다카더노."

동병상련同病相憐 때문이라고나 할까, 저마다 병 자랑 끝에 한숨으로 쏟아놓는 소리들이다. 한마디로 말해서 모두가 죽음과 대치해서 전쟁을 치르고 있는 사람들이다.

하지만 자꾸만 움츠러드는 신체, 희미해만 가는 정신력은 이길 방법이 없다. 행여 잊을세라, 초롱 같은 정신력을 가진 사람들이 어느 틈에 아파트 열쇠와 휴대폰을 목에 걸고 다니는 걸 보면, 서글픔을 넘어 한심한 생각이 드는 것도 어쩔 수가 없다.

'죽음을 조용하게, 의연하게, 아름답게 맞고 싶다.', '잘 죽는 것이 곧 잘 사는 것이다.' 라는 명제 아래, 최근 죽음에 관한 학문적 접근을 한다면서 죽음학회가 발족되었다는 이야기도 모두 그런 맥락에서 비롯된 것이 아닐까 생각해 본다.

그런 점에서 본다면 이영환 회원의 푸념 비슷한 이야기가 우리에게 많은 것을 시사해 준다. 그는 금년 여든이다.

"너무 마이 살아도 존 건 아이대이. 건강하게 살믄 개안타 카지만 그거도 욕이 되는 건 마찬가지라카이. 한번 들어보래. 일전에 친구 하나가 죽어서 오늘 영천永川 보훈묘지에 갔다 왔거든.

내 고향이 상주 모동인데, 모동국민학교 우리 동기들 가운데 여기, D시에 나와 자리 잡은 사람들이 모두 일곱 아이가. 계를 하나 만들어 서로 친하게 지냈거든. 하나둘 죽고 오늘 장례를 치른 친구가 네 번째가 되는데, 처음 한둘 죽을 때는 모르겠더이만 이번에 가 보이까 문상 올 친구가 없는 거야.

남은 친구래야 셋이 모둔데, 하나는 풍을 맞아 죽을 날만 기다리고 앉았지, 성한 건 둘뿐이라 둘이 안 갔나. 그런데 가서 가마이 생각해 보이 나 죽을 땐 아무도 올 사람이 없겠더라고. 시상에 이런 딱한 일이 있나 말이다. 우시갯소리지민 내 부조扶助는 어데 가서 받노 말이다. 허허허. 기가 찰 노릇 아이가. 칠면조 목에 나비넥타이 매고 살아바야 그게 축복이 아이라카이."

또 하나의 '살아남은 자의 슬픔'을 듣는 기분이다.

지는 해도 아름다워라

근간에 와서 "이제 임자도 늙는다."는 투의 이야기를 자주 듣는다. 늘 우리들끼리만 만나 그런지, 아직 늙었다고 생각해 본 일은 크게 없는데, 다른 사람들 눈은 그렇지 않은 모양이다.

하긴 일흔 고개를 넘어선 지도 한참이나 되었으니 적은 나이는 아니다. 일흔 근방에 한 번 어른거리지도 못 해보고 세상을 등진 우리 아버지, 할아버지를 생각해 보면 내가 어떤 위치라는 건 쉽게 알 수가 있다.

인생칠십고래희人生七十古來稀라는 두보杜甫의 시구가 말하듯, 예나 지금이나 일흔이면 살 만큼 산 나이라고 본다. 백수百壽 시대가 왔다고 하지만 그 양반들 생활을 한 번 돌아보라, 그게 어디 사람 사는 것인가. 산에 있으나 집에 있으나 똑같은 사람들, 사회적 재앙이란 소리를 들어가면서 너무 수치에 연연할 것만은 아니라고 본다. 요즘 젊은이들은 우리를 두고 구세대라고 몰아붙인다. 그렇다면 우리한테도 당연히 신세대의 과정이 들어있어야 논리상으로 맞아 떨어지는데, 어떻게 된 셈인지 우리는 신세대란 말은 구경도 한번 못 한 채, 어느 날 갑자기 구세대란 이름으로 뒷방 늙은이 신세가 되어버렸으니 이런 딱한 일이 있는가. 혹 삼강오륜과 주름살 계급에만 너무 의존하다가 그런 애먼 소리를 듣는 건 아닌지 모르겠다.

한때는 우리도 모두 한 시대의 주역으로, 그 중심에서 활동했었다. 해방 전후라는 이 나라 여명기에 태어나 전후의 가난과 설움, 격변하는 소용돌이 속에서, 그 무지와 열등을 헤어나겠다고 온갖 발버둥을 다 치며 살아온 우리가 아니었던가.

전통적 인습의 고유문화와 새로운 가치관의 혼돈 속에서 샌드위치맨으로 좌고우면하면서 눈칫밥으로 허둥대는 것이 오늘 우리 노인네들의 현주소다. 서울 파고다공원이나 대구 달성공원에 가보면 그들의 오늘이 얼마나 허망하다는 걸 알 수가 있다.

천자문 세대로 출발을 해서 말년을 컴퓨터에다 인공지능 세대로 보내게 되었으니 그 갈등, 회한이 오죽했으랴. 그 허덕임이 궁상으로 자리 잡은 건 아닌지 모르겠다.

"그것도 나이라고 이자, 여게 말고는 오라는 데도, 갈만한 데도 없다이까. 간다고 캐봐야 산인데, 좀 있으면 산에 가서 아주 뿌리를 박아야 하는데 땀 빼 가며 거기 오르기도 그렇고. 동우회 이거 참 잘 만들었지. 이걸싸나 안 생겼더라면 어딜 가겠어. 시상에 늙어 대접받는 건 호박뿐이라 카더이만 빈말이 아이제."

곧잘 우리끼리 하는 푸념이다. 65세 이상 자살률이 10만 명당 71명으로 OECD국가 가운데 1위를 누리고 있다니, 이 또한 우리를 슬프게 하는 일이 아닐 수 없다.

회원 가운데는 구세대가 되지 않기 위해 발버둥 치는 사람들도 많다. 〈홍도야 우지 마라〉가 십팔 번이던 친구가 어느 날 〈내 나이가 어때서〉를 부른다든가, '소녀시대'를 무슨 잡지책 이름으로 알고 있던 친구가 '원더걸스'의 리더가 선예라는 거까지 들먹이며

빅토리아폭포 상단 잠베지강 저녁노을

왈가왈부하는 게 모두 그런 거 아니겠는가. 이런 게 모두 밀려오는 세월한테 앙탈로 저항해 보는 맞불이라고 본다.

인터넷으로 노인방을 기웃거리는 것도 그렇고, 문자 메시지로 곗날을 통보해서 친구들을 놀라게 한 것도 마찬가지다. 이런 건 필요해서라기보다는, '이놈들아, 나도 할 수 있다.'는 존재의 확인, 시대에 적응하기 위한 몸부림이라고 본다.

명문장으로 알려진 정비석의 수필 「산정무한山情無限」의 마지막 장에 이런 구절이 나온다.

"…천년사직이 남가일몽이었고 태자 가신 지 또 다시 천 년이 지났으니 유구한 영겁으로 보면 천 년도 수유須臾던가. 고작 칠십 생애에 희로애락을 싣고 각축角逐하다가 한 움큼 부토로 돌아가는 것이 인생이라 생각하니 의지할 곳 없는 나그네의 마음은 암연히 수수롭다."

금강산 마의태자의 무덤 앞에서 백 년을 못 채우는 인간사의 허무함을 절규하는 작가의 마음이 눈에 선하다. 우리는 모두 그렇게 왔다가 갈 뿐이다.

인생 종착역이 머잖은 곳에서 기다리고 있는, 포물선 고개 넘어 저쪽 일은 잊어버린 지가 오래된, 그리고 이제는 자신도, 힘도 없이 퇴행성 질병에 시달리며 눈치 하나로 사는 사람들.

"이자 그냥 눈치껏 사는 거다. 눈치가 싸면 절에 가서도 젓국을 얻어묵는다고 그러잖어. 버스를 타더라도 젊은이들 옆에는 가지 말고, 저 앞에서 담뱃불 든 애들이 오거들랑 먼눈이나 팔고, 그래 그래 살믄 대는 거여. 우리가 그래 배웠다고 동몽선습童蒙先習이나 명심보감의 잣대로 잴라 캐가지고야 어림없는 소리지."

이맘때쯤이면 누구나 살아온 지난날을 돌아보며 보내는 시간이 많은데, 어느 틈에 우리도 그런 시점을 맞은 것 같다. 어디 흐르는 것이 강물뿐이겠는가. 삼라만상이 다 그렇게 태어나서는 흘러가는 것을….

뜨는 해만 아름다운 것이 아니라 지는 해도 아름답다. 그런데 어인 까닭인지 사람들은 동해로만 모여들고 일출日出에만 박수를 보낸다. 일출과 일몰日沒은 다르다곤 하지만 사진으로 붙들어놓으면 하나도 다를 게 없다. 희망으로 솟는 해야 당연히 아름다울 수밖에 없지만 산전수전의 일생을 열심히 살다가 고단한 몸으로 잠자리에 드는 해도 한번 보아라. 이미 기울고는 있지만 그것 또한

2010년 모교 증산초등학교 전교생과 함께
2010년 모교 지품천중학교 증산분교 전교생과 함께

아름답지 아니한가.

직장을 그만둔 뒤 나는 재능기부의 하나로 두 가지 일에 관심을 가졌다. 하나는 초, 중, 고교생들을 대상으로 한 "통일을 준비하는 청소년의 자세"라는 정신교육을 시키는 일이다. 10년간의 쌓아 온 강의, 그 노하우로 실로 오랜만에 모교를 찾아 아들, 손자 같은 후배들과 공감대를 이룬 시간들은 내 삶의 의미 있는 시간으로 기억될 것이다.

또 하나는 일제강점기에 사할린으로 강제 징용되었다가 귀화한 할아버지 할머니들이 노후를 보람되게 보내도록 하는 일이다. 어느 틈에 양로원 어르신들과 지낸 지도 10년이란 세월이 훌쩍 넘어갔다. 매달 첫 번째 월요일은 대창양로원을 찾아 재미나는 이야기보따리를 풀어놓는 일로 새 달을 시작한다.

내가 살아오면서 해온, 그리고 지금 하고 있는 일들 가운데 가장 보람된 일이다.

내가 세계여행을 계획한 이면에는 후반기 인생을 가치 있게 보내는 데도 목적이 있지만 여행을 통한 재충전으로 재능기부의 역할을 보다 충실하게 하는 데에도 있었다.

황금기라는 말이 있다. 자기 인생에서 가장 행복하며 보람된 가치를 누리는 기간이 여기에 속할 것이다. 요즘 나는 나름대로 황금기를 누리고 있다고 본다. 좀 늦은 나이긴 하지만 그동안 호구지책에 얽매어 허덕이다가, 이제는 안정된 생활을 꾸려나가고 있기 때문이다.

2015년 모교 김천고등학교 2학년 후배들과 함께
2013년 3월 따스한 봄날 대창 양로원 어른들과 함께

요즘은 코로나 시대를 극복하기 위하여 밤에는 네온사인이 있는 도시의 아파트 생활을 하고, 낮에는 순환선 안에서 (도시의) 자연인으로 살아가고 있다.

나만의 그동안 열심히 살아온 결과라고 본다. 친구들과 어울려 여행도 다니고, 서툴긴 하지만 기타도 퉁기며 어렸을 때 그리던 미완의 꿈을 반이나마 펼 수 있다는 게 얼마나 고마운 일인가.

내가 인생의 황금기를 70세에서 80세로 잡은 이유가 바로 여기에 있다.

내 삶의 이력서에서 건져 올린 말이다. 남은 삶을 아름답게 수놓기 위해 내가 만들어 낸 말이기도 하다. 허둥지둥 낭비로 살아온 지난 삶이 퇴비가 되었으리라. 오늘도 나는 내 황금기의 여백을 알뜰히 채우기 위해 배낭을 둘러메고 집을 나선다.

나는 언제쯤 철이 들 것인가

'철부지' 란 말이 있다. 한문의 절부지節不知가 그렇게 변했다고 들 한다. 말하자면 봄, 여름, 가을, 겨울의 절시節時도 구분 못 할 만큼 아둔한 사람들, 다시 말해 5, 6세 미만의 아이들을 우리는 보통 철부지라고 부른다.

그런데 요즘, 희수稀壽 나이를 훌쩍 넘어선 우리끼리 만난 자리에서도 곧잘 그런 말이 심심찮게 등장한다.

"자네, 그래가지고 언제 철이 들겠나."

"회갑 전에 철이나 들 줄 알았더니, 세상을 떠나기 전에는 철이 안 들겠구려."

만만한 친구들 사이에 농반진반으로 주고받는 말 가운데 자주 내뱉는 말이다. 그렇다면 인생을 살만큼 산, 뒤꿈치만 번쩍 들면 종착역이 보이는 지점까지 와있는데도, 아직 철부지 생각에서 못 벗어나고 있다는 이야기가 된다.

생후 처음으로 책 한 권을 내 놓는다. 남이 볼 땐 신변잡기 같은 별것 아닌 것처럼 보일지 모르지만, 딴에는 3, 4년 전부터 구상해서 쓴 글이다. 나로서는 최선을 다해 열심히 썼다는 이야기다.

나는 전문 문필가가 아니다. 문학작품은 더러 읽었지만 전문적으로 문학을 공부한 사람이 아니기 때문에 내 글이 어떤 작품이라고는 생각하질 않는다. 그러나 분명히 밝히고 싶은 것은 내가 평소 품고 있는 소신을 솔직하게 털어놓아 내가 이렇게 살아왔고, 이렇게 살고 있는 것 하나만은 제대로 밝히고 싶었는데, 그게 얼마나 밝혀졌는지 모르겠다.

내가 책을 낸 목적은 이렇다. 종착역이 가까워진 만큼 그동안 내가 살아온 이력을 우리 아이들과 주변에 나를 잘 아는 사람들에게 이야기 삼아 털어놓고 싶은 맘에서다.

어느 책에 보니까 모든 문학작품이 '하소연' 이라고 풀어놓은 사람이 있었다. 나도 그렇게 생각하는 사람이다. 시, 소설, 수필 같은 것이 모두 자신의 가슴속에 품고 있는 한이나, 원망, 불만 그리움 따위의 하소연을 글이란 매체를 통해 내뱉는 것이 곧 문학이라는 이야기다.

일기, 편지, 가사, 심지어는 우리가 아무렇게나, 아무데나 갈겨놓은 낙서까지도 여기에 든다는 것이다. 그렇다면 내 이야기도 하나의 하소연은 아닌지 모르겠다.

흔히 우리가 하는 말 가운데 "기쁨은 나누면 배倍가 되고, 슬픔은 나누면 반감半減된다."는 말이 있다. 내가 살아온 이야기를 하나의 슬픔으로 보고 이 사람 저 사람한테 털어놓고 나면 조금은 후련할 것 같은 생각이 들지 않을까 생각한 것이다.

그런데 막상 책으로 만들어놓고 나니 곳곳에 불만이 보인다. 다시 말해 가급적이면 내가 살아온 이야기를 솔직하게 가감 없이 털어놓으려고 했다. 그런데 욕심이 들어가 있었다. 일테면 100원 주고 산 물건을 150원에 산 것처럼 써놓은 곳이 더러 보이기 때문이다. 그런 것 보면 아직 나는 철이 안 든 게 분명하다.

다시 생각해 보면 나는 철부지로만 남아있는 게 아니라 아직도 여전히 내숭과 속물로 살아가고 있음에랴. 차라리 철부지였다면 순수하기나 할 터인데 이건 그것도 아닌 것이다.

우리가 태어날 때는 두 주먹을 불끈 쥐고 태어나지만 세상을 떠날 때는 너나없이 주먹을 펴고 맨손으로 떠난다고 한다. 여기에는 거지와 갑부, 대통령과 평민, 장군과 졸병에도 예외를 두지 않는다. 모두 그렇게 태어나서 그렇게 떠나는 것이다. 그들한테 남는 게 있다면 그들의 행적, 그것도 '나는 이렇게 살고 떠난다.' 가 아닌 '그는 그렇게 살고 떠났다.' 가 남을 뿐이다.

나이 든 철부지의 이야기를 여기까지 읽어준 그대에게 "너무 고맙습니다."라고 인사를 드린다. 그리고 그런 운이 나한테 있을지 모르겠지만, 혹 한 번 더 이런 기회가 온다면 그때는 철든 사람의 이야기로 만나고 싶다.

끝으로 이 책이 나오는데 리모컨을 들고 지켜봐 준 이응수 님께 감사를 드린다.

2021년 어느 날
장진수